Viel Freude
damit?

Liebe Grüße

Elisabeth,
Maaryam

Maaryam, die Tochter des Heilers

Spiritueller Roman
Band 1

Alles im Buch ist aus der Sicht der Ewigkeit für die Ewigkeit. Denn wir Seelen sind ewig. Daher haben wir die Handlung des Buches bewusst außerhalb von Zeit und Ort gewählt. Du kannst sie an jedem Ort deiner Selbst entstehen lassen.

ISBN 978-3-9504754-4-9
Urheberrechte © 2020
Elisabeth Maaryam Schanik und Verlag Eva Laspas

Verlag Laspas
Polgarstr.13E/7
1220 Wien
Österreich
www.laspas.at
Cover: Luna Design
Bild: Pexels
Lektorat: Eva Laspas

Maaryam,

die Tochter des Heilers

Elisabeth Franziska Schanik

Spiritueller Roman
Band 1

Widmung:
Für alle Herzmenschen und Sternengeborenen,
die wirklich erwachen wollen.
In tiefer Verbundenheit mit allen.

Inhalt

Veränderungen werfen ihre Schatten

Eines Morgens riss ein gellender Schrei Maaryam aus ihrem Schlaf. Es war schon eine unruhige Nacht gewesen, sie hatte schlecht geschlafen und wild geträumt. Der Lärm beendete ihr seichtes Dösen vollends. Noch halb im Traum hörte sie das Auf und Ab aufgeregter Stimmen vor ihrem Fenster. Was war draußen passiert? Neugierig sprang sie aus dem Bett und spähte hinaus. Eine aufgewühlte Menschenmenge stand vor ihrem kleinen Haus. Sie umringte jemanden, der auf der Erde lag.

Als sich die Menge etwas lichtete, erkannte sie Araton. Er war kaum fünfzehn, der erstgeborenen Sohn ihres Bürgermeisters und dessen Erbe. Sie kannte ihn, er war drei Jahre jünger als sie und meist zu Streichen aufgelegt. Außerdem war er einer der jüngeren Schüler ihres Vaters Issah. Nun lag er regungslos am Boden. „War er tot?", fragte sie sich aufgeregt. Der Bürgermeister selbst hatte seinen Sohn bis vor ihr Haus getragen, ihn auf den Lehmboden gebettet und schrie händeringend: "Hilfe, so helft! Wo ist der Heiler? Wo ist der Heiler?"

Maaryam konnte kaum reagieren, da stürmten schon Diener ins Haus, um den alten Heiler zu finden. Jemand pochte kurz an ihre Kammertüre und riss sie sogleich weit auf. Ein Mann warf suchend einen Blick ins Zimmer. Maaryam, die mit ihrem Nachtgewand vor dem Fenster stand, erschrak. In seinen Augen glomm etwas Unbestimmtes auf, als er sie wahrnahm. Abwehrend streckte sie ihre Hände aus und versuchte, einen Schritt zurückzutreten. Natürlich wusste Maaryam, dass er ihren Vater Issah suchte. Der war allerdings nicht da. Er ging immer wieder den Menschenmengen aus dem Weg und verschwand tagelang in den Bergen der Wüste. Er sagte, er brauche das, um sich mit seiner Seele klar zu verbinden. Maaryam verstand ihn ja, sie liebte die Natur genauso wie er. Dass er gerade jetzt unterwegs war, passte ihr gar nicht.

„Wo ist dein Vater?", fuhr sie der Alte an. Er starrte die junge Frau direkt an. Sie ähnelte dem Heiler Issah wirklich sehr. Mandelförmige Augen und eine scharf gezeichnete Nase, die Lippen derart geformt, dass sie ihrem Träger einen strengen

Ausdruck ins Gesicht zeichneten. Freilich der Mund der jungen Frau war voll und milderte die Wirkung. Unwillkürlich verneigte er sich knapp. Sie aber war vor Schreck wie gelähmt und blieb stumm. Er grunzte missmutig und versuchte es noch einmal, diesmal schon etwas milder: „Wo ist Issah?"

Der Göttin sei Dank kam Nada, Maaryams Mutter ins Zimmer gelaufen und stellte sich beschützend vor ihre Tochter. „Was ist los?", fragte sie. Es war gut, dass sie da war, das beruhigte den aufgeregten Mann. „Wo ist Issah, wir brauchen ihn - rasch!"

„Issah ist in die Berge gegangen. Wir wissen nie, wann er wieder zurückkommt. Beruhige dich und erschrecke mein Kind nicht.", antwortete sie ruhig, aber bestimmt.

"Wir werden euch helfen. Wartet draußen, wie es sich schickt, bis sich meine Tochter angezogen hat. Ich hole meine Utensilien." Entschlossen verwies sie die ungestümen Männer des Hauses. Der Alte trieb Nada noch einmal an, sich zu beeilen, denn Araton sei beim Hüten vom Baum und auf den Kopf gefallen. Sein Vater hätte ihn bewusstlos hergetragen, er läge jetzt draußen. Dann verließ er endlich das Zimmer.

Die ältere Frau legte ihrer Tochter kurz den Arm um die Schultern und drückte sie beruhigend: „Zieh dich rasch an, mein Kind, und lass uns handeln!", drängte sie und reichte ihr hastig ein einfaches Gewand. Während Maaryam sich den Kittel über das Nachtgewand zog und ihre üppigen rotbraunen Locken zu einem Zopf flocht, sagte sie: „Du brauchst keine Angst haben, Maaryam, die Göttin ist in dir und beschützt dich. Diese Männer sind nur geschockt und außer sich vor Angst um Araton. Deswegen sind sie so grob. Du weißt, er ist der erstgeborene Sohn des Bürgermeisters. Und in ihrer Welt ist der Erstgeborene etwas Besonderes. Ich jedoch sage dir, jedes Kind ist etwas Besonders. Wir alle sind Töchter und Söhne der Göttin. Vergiss das niemals! Niemand steht über dir und niemand steht unter dir!"

Maaryam verzog den Mund. Die meisten Männer respektierten sie nicht, denn sie waren Frauen. Es schien immer eine unbestimmte Gefahr in der Luft zu liegen. Nur wenn der Vater zu Hause war, waren sie alle freundlich. Befand er sich aber auf Reisen, zeigten sie sich der Familie gegenüber oft respektlos, auch wenn Nada selber Heilerin war. Maaryam litt nicht alleine darunter, sie fühlte, dass dies auch ihrer Mutter sehr zu Herzen ging. Es hatte sich deswegen über die Jahre eine tiefe Falte in ihre Stirne gegraben und ihr Lächeln war müde geworden.

Sie nickte stumm und hüllte ihr Haar in einen leichten Schleier. Immer wieder hatte sich ihre Mutter Nada als großartige Heilerin und Weise bewiesen. *Obwohl* sie eine Frau war. „Später einmal, wenn ich alt bin, werde ich auch eine Heilerin.", dachte Maaryam. Eine Dienerin der *Großen Göttin*. Aber vorher möchte ich meine Freiheit genießen und die Welt sehen." Wie um diesen Schwur zu besiegeln, band sie sich entschlossen den Gürtel zu. Nun war sie bereit.

„Hilf mir bitte tragen!" Nada hatte eine Menge Kräuter und Werkzeuge in ihrem Korb. Der stand stets für Notfälle bereit, denn es verging kein Tag, an dem nichts passierte. Und wenn Issah unterwegs war, wurde seine Frau gerufen.

An Nadas Seite und schicklich bekleidet war die junge Frau schon mutiger. Mit erhobenem Haupt und unnahbarem Blick ging sie mit dem Korb auf die Menschenmenge zu. Sie hatten sich zu Grüppchen zusammengestellt und tuschelten neugierig. Würde Nada es gelingen, den Jungen zu heilen? Er lag schon einige Zeit so still. Er wirkte zart wie ein Kind und sein Gesicht hob sich bleich vom roten Lehm ab. Nur ein dunkler Flaum oberhalb seiner Oberlippe verriet sein tatsächliches Alter.

„Schick die Menschen weg!", befahl Nada dem Vater des Jungen. Und obwohl es der Bürgermeister war, gehorchte er augenblicklich ihrem Befehl und zerstreute die Schaulustigen. Die Heilerin war meist schweigsam. Doch wenn sie helfen sollte, sagte sie klar, was zu tun war.

Vorsichtig mit voller Liebe und Hingabe untersuchte sie den Jungen. Äußerlich waren keinerlei Wunden zu erkennen. Das schien ein gutes Zeichen, aber von unzähligen Berichten ihrer Eltern wusste Maaryam, dass gerade das die schwierigsten Fälle sein konnten. Also doch kein gutes Omen. Außerdem war seine Haut heiß.

Doch die Heilerin war die Ruhe selbst. Sie beugte sich über den Jungen und begann heilende Gebete zu sprechen. Leise und fast, ohne ihre Lippen zu bewegen, flüsterte sie heilige Mantren aus der alten Zeit. Dazu hielt sie frische Pfefferminze unter die Nase des Jungen. Ein kühles Tuch auf seinem Kopf sollte ihn erfrischen. Trotz aller Bemühungen blieb der schmächtige Körper regungslos in ihren Armen liegen. Sie bat ihre Tochter, Salbei und Weihrauch anzuzünden, damit sie besser den Kontakt zu seiner Seele herstellen konnte.

Da lange nichts passierte, dachten die Schaulustigen wohl, dass der Junge sterben würde, denn einige Frauen begannen plötzlich zu weinen und zu klagen. Doch Nada hieß sie leise sein. Und fuhr unbeirrt fort, ihre heilenden Worte zu rezitieren.

Maaryam erkannte an den Augen ihrer Mutter, dass sie sich in Trance begab. Völlig nach innen entrückt, begann sie rhythmisch zu schwingen. Vor und zurück. Einem besonderen Tanz gleich. Liebevoll hielt sie Aratons heißen Körper in ihren Händen und ließ ihre Herzensliebe auf den Jungen überfließen. Sie nannte das ‚die Gnade des Einen fließt in die Zellen'. In solchen Situationen wurde die Stimmung immer andächtig. Und tatsächlich, niemand wagte laut zu sprechen.

Die Mantren verklangen und Nada bat Maaryam um ein Bröckchen Kampfer. Sie hielt es unter Aratons Nase. Der scharfe Dampf ringelte sich in seine Nasenlöcher und wand sich wie eine Schlange in die Lunge. Dort tat er seine Wirkung. Der Junge schnappte plötzlich nach Luft, hustet und nieste heftig. Kurz darauf öffnet er seine Augen. Sein Blick war benommen und er wandte seinen Kopf suchend herum. Doch als er Maaryam erkannte, versuchte er ein heldenhaftes Zwinkern. Und als Nada ihn begrüßte, erwiderte er sogar schon ihr Lächeln.

„Herzlich willkommen zurück!", lächelte die Heilerin den Jungen an. Der blickte einen Augenblick gedankenverloren in ihre tiefblauen Augen, um sich zu sammeln. Dann fing er sich und begann leise zu erzählen: „Ich war bei den lieben Engeln, dort war es wunderschön. Wir hatten es so lustig und alles war sehr leicht. Ich wollte so gerne dort bleiben. Aber plötzlich kam Issah, der weise Heiler und befahl mich in meinen Körper zurück. Sofort, denn es sei jetzt noch nicht meine Zeit zu gehen. Ich weiß nicht warum, aber ich wusste, er hatte Recht. Die Engel sagten noch, sie würden immer über mich wachen und ich solle keine Angst haben. Jedoch hätte ich noch viele Aufgaben im Leben. Nun, da ich deinen Mann sehr liebe, kehrte ich um. Da bin ich also wieder und es ist gut." Überrascht lauschten die Menschen seinen Worten. Ja, das klang nach Issah, er wusste, wann er gebraucht wurde. Über jegliche Grenzen hinweg, denn Entfernung war kein Hindernis für seinen Geist. Alle erkannten, dass der Junge die Wahrheit sagte.

Plötzlich spürte Maaryam eine warme Hand auf ihrem Rücken. „Ich bin da, Maaryam.", flüsterte eine vertraute Stimme in ihr rechtes Ohr. Sie drehte sich um und blickte sie in die gütigen Augen ihres Vaters Issah. Die Sonne ließ sein wallendes, weißes Haar wie einen Heiligenschein aufleuchten, als er sie in seine Arme zog.

„Vater!" Sie umklammerte ihn und genoss es, dass sie sein langer Bart kitzelte. Niemanden hatte sie jemals so vermisst wie ihn: „Bin ich froh, dass du wieder da bist."

Genau zum richtigen Zeitpunkt war er gekommen. Maaryam konnte es kaum glauben. Nada warf ihm einen wissenden Blick zu. Auch sie lächelte glücklich und ihre Augen färbten sich indigoblau vor Zuneigung, als sie ihren Mann und ihre jüngste Tochter so in Liebe vereint sah. Stumm nickte das Paar einander zu. Maaryams Eltern verstanden sich auf so vielen Ebenen. Wie ein geheimnisvolles Band zwischen ihnen. Kurz flackerte die Eifersucht in der jungen Frau auf und sie dachte: „Das will ich auch einmal erleben mit einem Mann."

„Der Junge ist heil zurück, ich danke dir", bedankte sich Nada bei Issah. Denn obwohl sie den Körper des Jungen belebt hatte, war seine Seele nur durch Issahs Intervention zurückgekommen. Sie beendete ihre Heilarbeit und wollte den

Knaben seinem Vater überlassen, doch da drehte sich Araton zu Issah um und fragte voller Neugierde: „Wieso durfte ich nicht bei den Engeln bleiben? Es war wirklich schön und so lustig!"

„Deine Zeit war noch nicht gekommen. Es ist wirklich so: Du hast in diesem Leben noch viele wichtige Aufgaben zu erfüllen. Aber diese Erfahrung, dass es die geistige Welt und Engel gibt, war wichtig für dich. Es gehörte zu den Erlebnissen, die du unbedingt machen wolltest. Nun wirst du nicht mehr an ihrer Existenz zweifeln denn du hast sie erfahren. Niemand kann dir das mehr nehmen. Es ist allerdings wichtig, dass du diese spirituelle Verbindung für dein ganzes Leben aufrechterhältst. Egal, was andere dir einmal erzählen werden. Deine Verbindung ist stärker. Dein Leben liegt noch vor dir und du sollst die Menschen an die Engel erinnern, denn sie haben sie vergessen. Wenn du bereit bist, werde ich dich unterrichten. Wenn dein Vater einverstanden ist, lass uns in den nächsten Tagen beginnen. Denn jetzt ist deine Erfahrung der Anderswelt noch präsent."

Araton blickte den würdigen Greis mit großen Augen an. Sprachlos vor Ehrfurcht, denn Issah war der größte Heiler, den man kannte. „Vater, ich will bei Issah Schüler sein! Lass mich seine Lehren hören.", rief er dann. Der Bürgermeister, froh, dass Araton wieder wohlauf war, wollte nicht Nein sagen: „Ja, ja, aber jetzt komm erstmal nach Hause. Mutter macht sich sicher große Sorgen!"

Araton blickte Issah unsicher an. Dieser nickte ihm beruhigend zu: „Geh nur, mein Junge. Ich werde dich in deinem Traum rufen, wenn der richtige Zeitpunkt gekommen ist." Nach und nach löste sich die Menschenmenge auf und Araton ging, gestützt von seinem Vater und dessen Diener nach Hause.

~*~

Nada musterte ihren Mann und lächelte dann sanft. „Er sieht sehr müde aus", dachte sie und begann, ihre Kräuter in ihren großen Korb zu packen, „ich werde ihm einen stärkenden Trunk kochen." Obwohl die Heilerin selber jedes ihrer sechzig Jahre in den Knochen spürte, zwang sie ihren Körper auf und in die

Küche, um ihren geliebten Mann zu versorgen. Sie verbiss sich den Schmerz und seufzte. „Wie lange werde ich den Todesengel noch um Aufschub bitten können?" Ihrer Familie zuliebe verbarg sie eine ernste Krankheit, die sie noch mit reiner Willenskraft und mentaler Stärke im Griff halten konnte.

Ehe die Familie ins Haus ging, kamen zwei Jungen mit einem Korb voll mit knusprig gebackenem Brot, frischem Obst und Gemüse sowie einer Flasche Olivenöl. Sie legten die Gaben mit einer tiefen Verneigung vor Nada ab. Damit zeigte sich der Bürgermeister für die Heilung seines Sohnes erkenntlich. Essbares zu geben, war eine sehr geschätzte Art der Bezahlung. Dankbar nahm die Heilerin diese Geschenke an und trug sie in die Vorratskammer.

Als alle Menschen endlich weg waren, hatte Maaryam ihren Vater wieder für sich alleine. Sie war das letzte Kind aus einer langen Reihe, daher war sie Issah besonders ans Herz gewachsen. Das Heilerpaar hatte schon nicht mehr mit Nachwuchs gerechte, als Nada mit über vierzig Jahren ein weiteres Mal schwanger wurde. Das Mädchen, das sie gebar, war endlich das, worauf Issah sein Leben lang gewartet hatte. Ein Kind mit seiner Seelensignatur, das seine Heiler-Fähigkeiten schon mit vier Jahren gezeigt hatte. An Maaryam konnte er all sein Wissen und seine heilenden Künste weitergeben, sie würde seinen Samen weitertragen. Und von da an hatte er sich um ihre Ausbildung gekümmert, sie mit sich auf seine Ausflüge in die Berge genommen, um sie mit den Spirits, den Kräutern, Steinen und Anrufungen bekannt zu machen. Die Menschen schüttelten den Kopf, wenn sie dieses ungleiche Paar auf ihrem Weg traf, es war nicht recht, dass das Mädchen so wenig zu Hause half. Wie sollte sie je einen Mann finden, ohne es gelernt zu haben, einen Haushalt zu führen!

Maaryam zog ihren Vater ungeduldig zu ihrem gemeinsamen Lieblingsplatz, der ihnen auch als Schule diente. Hinter ihrem Häuschen stand ein alter Olivenbaum an der Gartenmauer. Dort gab es fast zu jeder Tageszeit kühlen Schatten, wenn die Hitze des Tages schwer auf dem Dorf lastete. Ein

Beutel mit Wasser lag immer auf der Matte unter dem Baum. Es war ihr gemeinsamer Platz, wo sie schon viele Stunden miteinander verbracht hatten. Manchmal erzählte er Maaryam etwas aus seinem langen Leben, manchmal lehrte er sie seine Weisheiten, die meiste Zeit aber saßen sie in tiefem Schweigen vereint und erfreuten sich still am Dasein des Anderen.

Sie hatte so viele Fragen im Kopf, dass sie kaum mehr warten konnte. Doch als sie es sich dann endlich unter dem Baum gemütlich gemacht hatten, wusste Maaryam zuerst nicht, wo sie anfangen sollte. Issahs gütiger Blick ermahnte die Tochter zu mehr Gedankenkontrolle. Schließlich atmete sie tief in den Bauch und konzentrierte sich auf das Ein- und Ausatmen, wie er es ihr beigebracht hatte. Als sie sich gesammelt hatte, fragte sie: „Vater, was hast du mit Araton gemacht? Woher wusstest du, dass er in Not war? Du warst doch gar nicht hier?", sprudelten ihre wichtigsten Fragen heraus.

„Maaryam, mein liebes Kind. Nur mein Körper war noch nicht zurück. Doch du weißt, dass ich im Geiste immer mit euch verbunden bin. Mit dem Geist reise ich und überbrücke Zeit und Raum. So gibt es keine Trennung. Wieso überrascht dich das immer wieder?"

Er machte eine Pause und blickte in den Himmel. Eine kleine Wolke wanderte über das tiefe Blau. Er folgte ihr mit den Augen. Die Minuten verstrichen und die junge Frau entspannte sich noch mehr.

„Ich war in den Bergen.", fuhr er schließlich fort. „Da mein Körper nicht mehr der Jüngste ist und sehr viel erlebt hat, braucht er jetzt immer öfter Phasen der Erholung. Meine Arbeit mit Menschen erschöpft ihn mittlerweile sehr." Er verstummte. Maaryam hatte einen Halm genommen und zeichnete Muster in den Sand. Nun wartete sie, bis er seinen Atem wieder gefunden hatte.

„Es ist ein sonderbarer Zustand. Geistig bin ich jung und lebendig. Es mehren sich jedoch die Phasen, wo ich mit dem Geist reise. Und so nahm ich heute früh beim Meditieren die Stimme deiner Mutter wahr. Sie rief mich um Hilfe. Und insistierte, sofort zurück zu kommen. Araton wäre ein Unfall passiert. Ich war jedoch körperlich noch viel zu weit weg, um rechtzeitig hier sein zu können. Also bat ich deine Mutter, mir das Bild von Araton zu schicken und so sah ich euch in meiner Vision vor unserem Haus. Dann habe ich mit seiner Seele Kontakt aufgenommen und mit ihm gesprochen. Es ging nicht darum, dass der Junge jetzt hätte sterben wollen. Für sein spirituelles Erwachen und für seinen weiteren Lebensweg war es aber besonders wichtig, diese starke Erfahrung mit dieser anderen Welt zu haben. Nun weiß er, was Engel sind und wie wichtig seine geistigen Fähigkeiten für sein weiteres Leben sein werden. Er war ja schon mein Schüler, doch bis jetzt glaubt er nicht wirklich an energetische Kräfte oder die geistige Welt. Er trägt große Fähigkeiten in sich, jedoch sind seine Eltern noch nicht spirituell erwacht. Sie zweifeln immer wieder und blockieren so seine spirituelle Entwicklung. Seine Seele hat jedoch einen großen Auftrag. Auch er soll einmal mein Vermächtnis weitertragen. So wie du." Er schwieg wieder eine Zeit lang. Es war leichter Wind aufgekommen, der ihre verschwitzten Körper kühlte. Issah nahm einen Schluck Wasser und reichte Maaryam dann den Wasserschlauch.

„Deswegen muss ich ihn jetzt unterrichten, damit der Samen der Heiligkeit in ihm aufkeimen kann. Verstehst du mich?" Die Tochter seufzte schwer. Ihr Vater hatte so viele Menschen unterrichtet, sein ganzes Leben lang. Er war müde und sollte seine Kräfte nicht mehr verschwenden. Jetzt wollte er auch noch Araton als Schüler annehmen, das nervte sie. „Warum, Vater? Warum soll Araton nun dein Schüler werden?"

„Araton hat auch eine reine Seelensignatur. Er ist damit berufen, auf geistiger Ebene für die Menschheit Großes zu tun. Doch sein Umfeld ist voller Widersprüche. Sein Vater will, dass er Kaufmann wird, später dann Bürgermeister. Das ist aber nicht seine Berufung. Die Kluft zwischen dem Leben als Kaufmann und seiner tatsächlichen Bestimmung würde immer größer. Dadurch müsste er sich durch sein Leben kämpfen. Das würde lange dauern. Vielleicht zu lange. Es wäre für die Menschheit weitaus besser, wenn er diesen Umweg nicht machen müsste."

Er atmete ein paarmal tief, als hätte er Schmerzen. „Durch diesen Unfall hat sich seine Berufung besiegelt. Sei also nicht verwundert. Wenn Araton beginnt, seine Spiritualität zu leben, wird er sich verändern. Und du wirst, wenn ich einmal nicht mehr bin, einen Vertrauten brauchen, auf den du dich verlassen kannst. Viele Menschen glauben nicht mehr an den Gott oder die Göttin in ihnen. Sie glauben den Götzen und wollen sich Götter erkaufen. Die Erfahrung, die Araton heute gemacht hat, kann mit keinem Gold der Welt bezahlt werden. Sie wird ihm der Leitstern in schwierigen Zeiten sein. Und diese Zeiten sind leider nicht mehr allzu fern."

Issah blickte in die Sonne, die schon tief stand. Maaryam staunte: Wie war die Zeit nur so schnell vergangen? Nada hatte inzwischen geruht und war in Küche gegangen. Nun zogen herrliche Essensdüfte in den Garten.

„Du, Maaryam, bist mit Heilern als Eltern aufgewachsen. Das ist etwas völlig anderes.", fuhr Issah fort. „Wenn du mit deinen Engeln sprichst, ist das normal, oder?" Sie nickte. „Wenn du geistig mit mir sprichst, auch wenn ich nicht im Raum bin, weißt du, dass ich dich höre, dass ich für dich da bin." Sie nickte erneut.

„Merke dir, unsere Verbindung kann durch physische Trennung niemals verändert werden. Das Band zwischen uns ist ewig. Alle Menschen, auch noch in vielen folgenden Leben werden das erfahren. Es ist das Christusbewusstsein. Und das währt ewig. Es gibt keinen Anfang und kein Ende. Du, mein Kind, trägst einen ganz besonderen Samen in dir und es wird deine Aufgabe sein, Wurzeln zu schlagen. Hier auf Erden. Araton wird dir helfen. In diesem und in vielen folgenden Leben."

Er verstummte und blickte seine Tochter mit seinen gütigen Augen voller Liebe an. Sie wusste immer genau, wann er seine Rede beendete. Jetzt war der Moment gekommen. Irgendetwas in seiner Stimme hatte ihr aber einen riesigen Kloß im Hals erzeugt. Sie fühlte sich tief traurig, und das, obwohl er sie fest in seinen Armen hielt. „Ich werde darüber nachdenken, Vater. Denn ich liebe dich mehr, als ich sagen kann.", flüsterte sie leise. Innerlich stieg plötzlich der Gedanke hoch: „Bitte verlasse mich noch nicht."

Tatsächlich war heute etwas anders. Sie hatte alles, was sie wollte. Saß an ihren Vater gekuschelt. Musste ihn nicht mit fremden Menschen teilen. Rings um sie herrschte Ruhe, der kühle Wind erleichterte die Hitze. Der Baum spendete Schatten. Und bald würde es Essen geben. Alles war perfekt. Und doch, die Energien hatten sich gewandelt. Etwas stand im Raum, nur konnte die junge Frau den Finger nicht darauf legen.

Maaryam trank einen großen Schluck kühlen Wassers und suchte seinen Blick. Da erkannte sie mit einem Mal Abschiedsschmerz in seinen Augen. Es war wie ein Pfeil in ihr Herz. Sein Gift sickerte langsam. Und sie konnte nichts dagegen tun. „Kann es sein, dass er mehr weiß und mir nichts sagt?", durchfuhr es sie.

Sie spürte, er verschwieg ihr etwas Wichtiges. Dann schob Maaryam diese Eingebung rasch beiseite. Manchmal ist Empathie eher ein Fluch als ein Segen. Sie wollte jetzt nicht daran denken, dass sich etwas Grundlegendes in ihrem Leben verändern könnte.

So blieben die beiden stumm aneinander gekuschelt am Baum lehnen und genossen die Anwesenheit des anderen. Bald würde Nada sie rufen.

Der Tag des Schreckens

Es war in den frühen Morgenstunden. Der Mond zeigte noch seine silberne Scheibe hinter einem Schleier aus Wolken. Wieder wurde Maaryam aus dem Schlaf gerissen: „Maaryam! Kind wach auf!"

Nada rüttelte ihre Tochter sanft, bis diese schlaftrunken erwachte. Als Maaryam Tränen in den Augen ihrer Mutter erblickte, war sie sofort alarmiert. Und hellwach.

„Mutter!", schreckte sie hoch und packte sie am Arm. „Was ist los?" Ein beunruhigendes Gefühl beschlich die junge Frau. Kroch vom Bauch in ihren Magen. Niemals weckte Nada ihre Tochter ohne Grund. Sie schaute ihre Mutter eindringlich an. Diese erwiderte zwar den Blick, schien aber trotzdem weit weg.

„Unserer Welt hat sich heute verändert. Es wird nun alles anders werden. Dein Vater Issah ist heute Nacht zu den Ahnen gegangen. Er ist friedlich eingeschlafen und hinterlässt uns beiden sein Lebenswerk des Heilens."

Maaryam starrte ihre Mutter ungläubig an. „Was ist mit Vater? Er ist gegangen? Nein, das kann nicht sein! Gestern noch haben wir gesprochen. Gestern hat er mich noch umarmt. Er hat uns verlassen? Nein, das glaube ich nicht! Und außerdem wollte er ja noch Araton unterrichten. Er würde doch nicht ..." Und obwohl tief in ihr die Gewissheit aufkeimte, dass es wahr war, weigerte sich ein Teil in ihr, es zu glauben.

Nada wollte ihre Tochter in den Arm nehmen. „Maaryam, Kind, ich ..." Sie riss sich von ihrer Mutter los und stürze aus dem Zimmer. Barfuß und im Nachtgewand lief sie durch den Gang ins Schlafzimmer ihrer Eltern. Doch ehe sie die Schwelle übertrat, wurde aus den letzten Zweifeln Gewissheit. Der Geruch des Todes empfing sie, verdeckt von den würzigen Dämpfen aus Räuchergut, die es der Seele erleichtern sollten, loszulassen. Viele Male hatte Maaryam ihre Mutter begleitet, wenn sie zu Totenschauen gerufen wurde. Sie verwendete stets beißende Kräuter und Lavendel. Zur Befreiung der Seele und zur Beruhigung der Angehörigen.

Im Schlafzimmer der Eltern schimmerten viele Öllichter. Maaryam stoppte auf der Türschwelle und nahm das Bild auf, das sich ihr bot.

Es schien, als wäre die Zeit stehen geblieben. Nada hatte das Fenster weit geöffnet, um der Seele den Weg zu weisen. Die Lichter brannten in jeder Ecke. Sie flackerten nicht, ein Zeichen, dass Issahs Essenz schon weitergezogen war und Frieden gefunden hatte.

Maaryams Gedanken sprangen wirr umher. Da lag er, ihr Vater. Er war es, und doch war er es nicht. Etwas fehlte. Sie konnte es nicht fassen. Gestern hatten sie noch gesprochen. Er hatte mit ihr gelacht. Ja, er war kurzatmiger, er wollte öfter Ruhe haben. Wenn wieder einmal Reisende aus aller Herren Länder in ihr Haus gekommen waren, hatten sie die ganze Nacht hindurch debattiert. Das hörte sich oft emotional und langwierig an. So war es nur natürlich, dass der Vater tagsüber rasch ermüdete und öfter schlief. Aber sie hatte gedacht, das wäre normal in seinem Alter. Achtzig Jahre war er und doch überaus gesund. Maaryam hatte seine nächste Reise nicht kommen sehen. Ja, viele Menschen wollte er in letzter Zeit nicht mehr empfangen. Er hatte sich entschuldigt, die Stimmen verwirrten seinen klaren Geist. Und Nada hatte ihn geschont und ihm alle Arbeit abgenommen. Hatte sie gewusst, dass er bald sterben würde?

„Ich verstehe das nicht!" Maaryam blickte entsetzt und ratlos zu ihrer Mutter hinüber. „Er hat mir nicht gesagt, dass seine Zeit gekommen ist! Warum ist er gegangen, ohne mich darauf vorzubereiten? Warum?"

Nun bahnten sich vereinzelte Tränen den Weg über ihre Wangen, aber sie wischte sie entschlossen weg. Noch verweigerte ihr Geist die Wahrheit: Er *hatte* sich gestern von ihr verabschiedet. Auf seine Weise. Sie hatte es nur nicht wahrhaben wollen.

Als Maaryam den Abschiedsschmerz in seinen Augen erinnerte, war es um ihre Beherrschung geschehen. Hemmungslos schluchzend brach sie auf der Schwelle des Schlafzimmers zusammen. Sie konnte keinen anderen Gedanken mehr fassen, ihr Geist wiederholte wie ein sinnloses Mantra: „Mein Vater ist gegangen. Mein Vater ist fort. Ich habe ihn für immer verloren."

Issah war die erste Liebe ihres Lebens gewesen, nur *er* hatte eine Antwort auf ihre tausend Fragen gewusst. Nur *er* hatte ihr sagen können, warum manches gut und einiges überhaupt nicht lief. Sie war am Boden zerstört.

Maaryams Mutter saß schon am Fußende des Bettes, gekleidet in ihr dunkelblaues Kleid und geschützt vom speziellen Schmuck. Sie begann das bekannte Gebet für Seelenreisende zu rezitieren. Das half ihrer Tochter, das sinnlose Mantra zu unterbrechen:

„Möge deine Seele in Frieden die Heimat deines Geistes finden.
mögen die Übergangsengel deine Schritte leiten,
mögen die Wächter des Todes dir die Tore in die Ewigkeit
öffnen,
mögen die Ahnen dich in Liebe empfangen,
mögen die Drachen in Liebe dich empor tragen und du auf ihren
Flügeln ruhen,
möge die ewige Freiheit deine Seele erleichtern und alle
irdischen Bande sanft lösen.
Mögen Gott Mutter Vater dich in ihre heiligen Arme nehmen und
dich willkommen heißen."

Hier endete das bekannte Gebet, und Nada nahm einen neuen Faden auf. Was sie jetzt sagte, verstand Maaryam zwar nicht mit ihrem Geist, doch es erhellte ihr Herz für einen Moment und ein feiner Lichtstrahl bahnte sich den Weg durch den düsteren Nebel ihrer Trauer.

"Möge das größte Fest aller Feste gefeiert werden, denn der
Heiland der Messias ist heimgekommen.
Er ist aufgestiegen in die höheren Lichtebenen.
Dort wird er sein Werk vollenden.
Die Wächter des Lichts vereinigen sich vor seiner nun
vollkommenen Meisterschaft.

Diese ist hier auf Erden nun beendet.
Seine Verankerung des Christuslichtes bleibt jedoch hier auf
Erden für immer und immer.
Jetzt sind wir an der Reihe den Christussamen weiter zu tragen
und wachsen zu lassen. Jede Seele soll erweckt werden.

Danke du Mann meiner Seele
Unsere Seelenverbundenheit bleibt ewig.
Danke für deine Hingabe und deine freie Liebe in jedem
Atemzug unseres herrlichen Seins.
Unser Leben ist nie vergessen.

Ich weiß, dass du auch jetzt immer mit mir verbunden bist. Du
bleibst die Liebe all meiner Leben für immer und immer.

Danke für den Vater der du warst.
Die Sternenkinder lernten von dir so viel und sie werden weiter
von dir geführt und unterrichtet.
Der Same der Reinheit ist in ihren Herzen wohin sie auch
immer gehen werden. Irgendwann kommt ihre Zeit. Dann bist
du wieder in ihnen und lenkst sie zur Wahrheit und zu ihrer
Seelenbestimmung.
Ich danke dir jetzt schon dafür.

Du bist nun der Vater vieler Seelen.
Danke an den Heiler in dir.
Niemals hast du aufgegeben. Die Menschheit hat dich grausam
verachtet, doch du hast ihren Hass durch deine bedingungslose
Liebe und absolute Hingabe an deinen Auftrag überwunden.
Du warst Lichtkrieger, Kämpfer, Vorreiter, Lichtsuchender,
Prophet, kurz der größte Schamane aller Zeiten.
Die Welt ist noch nicht soweit, doch es wird die Zeit kommen,
dann knien sie vor deiner Weisheit und Dankbarkeit.
So geh nach Hause und ruhe dich im göttlichen Licht der
Ewigkeit aus. Dein Werk ist vollbracht.
Worte reichen nicht aus für die Liebe, die ich in mir spüre. Ich
werde sie ewig in mir hüten. Danke dir dafür."

Dann schwieg Nada andächtig. Die Schwingung ihrer Worte hatte die Energien im Raum verändert. Niemals zuvor hatte Maaryam ihre Mutter so inbrünstig und leidenschaftlich beten gehört. Sie war sonst eher zurückhaltend und leise. Doch jetzt spürte sie, wie die Stimme Nadas vor Emotionen bebte. Die junge Frau sah zu, wie die Heilerin sich an die Arbeit machte, den Leichnam, der einmal die Heimstatt ihres Geliebten gewesen war, für die letzte Reise vorzubereiten. Er, der sie verehrt, den sie all die Jahre begleitet und von dem sie jeden Zentimeters gekannt hatte. Und doch war es nicht mehr derselbe, denn die Essenz fehlte.

Es brachte sie völlig an die Grenzen ihrer Kraft, ihren liebsten Gefährten zu salben und in Tücher zu wickeln. Nicht nur ihre Hände zitterten, ihr ganzer Körper vibrierte. Zentimeter um Zentimeter reinigte sie seinen Leib mit einer Andacht, die Maaryam noch nie bei ihr gesehen hatte, wenn sie Fremde wusch. Es waren Gesten einer Geliebten, die Abschied nahm. Jeder Strich, jede Berührung war sanft und liebevoll, aber mit einer bestimmten Endgültigkeit ausgeführt. Sie spürte, wie sehr sich Nada bemühte nicht zusammenzubrechen. Sich nicht der Trauer hinzugeben. Noch nicht. Dafür war später Zeit. Ihre starke Mutter. Sie bewunderte sie.

Um Nada zu unterstützen, zündete Maaryam Weihrauch an. Sein würziger Duft verströmte sich im ganzen Haus. Und er half ihnen sich zu zentrieren und sich auf ihre Aufgaben zu konzentrieren. Dann half sie Nada mit den Tüchern, so, wie sie es immer machten. Doch diesmal war es anders. Sie sprach die üblichen Mantren und rief den Dank der Engel herbei. Aber sie führte die Tätigkeiten mechanisch durch. Ihr Herz war gefühllos geworden.

Die Frauen waren beide wie erstarrt. Jede von ihnen war mit den eigenen Gefühlen beschäftigt, die wie Wellen über sie schwappten und sie zu ersticken drohten.

Als sie fast fertig waren, blickte Maaryam in die vor Trauer dunklen Augen ihrer Mutter. Deren Schmerz verstärkte ihren eigenen und ihr Herz wurde noch schwerer. Wie sehr musste sie ihn geliebt haben? Sie hatte ihr ganzes Leben für seine Berufung hingegeben. Sie hatte es schweigend akzeptiert, wenn er tagelang abwesend gewesen war. Und sie hatte sich an seiner statt um die Bedürftigen gekümmert, die tagtäglich um ihr Haus lagerten.

Manchmal war sie überaus müde, erschöpft und litt an Schwindel, an diesen Tagen sah man ihr ihre sechzig Jahre an. Dann hatten ihr die Schwestern im Herzen warme Suppe gebracht und sie überredeten zu schlafen. Ja, Nada war eine starke Frau. Aber sie überarbeitete sich oft. Und sie war nicht mehr die Jüngste, erkannte ihre Tochter schmerzhaft.

Es war ihr mitfühlendes Herz. Es gab zu viel Leid auf dieser Welt. Und auf allen Ebenen des Bewusstseins. Da konnte sie sich nicht hinsetzen und die Hände in den Schoß legen. Selbst wenn sie noch so hungrig und blass war und vor Müdigkeit schwankte. Maaryam verstand das auf der einen Seite, denn auch ihr Herz schlug für die Armen dieser Welt. Doch andererseits fürchtet sie sich, ihre Mutter zu verlieren. Wer würde dann die Heilarbeit machen?

Was der Tod Issahs für ihr eigenes Leben bedeuten könnte, daran vermochte sie gar nicht zu denken. Er war nicht nur ihr Vater, sondern auch ihr Beschützer gewesen. Eine böse Vorahnung beschlich sie, als sie Nada derart trauern sah. All ihre Geschwister waren entweder schon verheiratet und hatten Kinder oder waren in die Welt hinausgezogen. Nur Katharina lebte mit ihrem Mann und ihren Kleinen ein paar Dörfer weiter.

Maaryam war nun mit ihrer Mutter hier alleine und ohne männlichen Schutz. Wie sollte ihr Leben weitergehen?

Tausende Fragen kamen jetzt schon in der jungen Frau hoch. Doch sie wusste, noch war keine Zeit für Antworten.

~*~

Die Sonne war mittlerweile aufgegangen, die Vögel hatten ihr morgendliches Konzert begonnen. Endlich waren die rituellen Handlungen zu Befreiung der Seele beendet und die Frauen kamen zur Ruhe. Maaryam setzte sich ans Bett Issahs und betrachtete ihn stumm. Plötzlich wurde ihr Herz schwer, der Hals eng und sie schnappte nach Luft. Ein Schluchzer hob sich aus den Tiefen ihres Körpers.

„Vater, wie soll ich leben ohne dich?" Sie wusste, mit ihren achtzehn Jahren hatte sie kaum Erfahrung. Sie hatte keine Ahnung von der Welt und kannte zu wenige Heilrituale.

Sie war verzweifelt. Woher sollte sie ihre Kenntnisse bekommen? Das Wissen hüteten die Schamanen der Wüste. Wie konnte sie als Frau mit ihnen Kontakt aufnehmen? Diese Weisen waren doch immer Männer. Nada war die einzige Heilerfrau, die Maaryam kannte. Sie selber sah sich nicht dazugehörig. Sie vermisste schon jetzt seine gütigen Augen und sein wissendes Lächeln, wenn er ihr stumm seine Liebe sandte. Ein letztes Mal berührte sie seine Hand. Maaryam erinnerte, wie es sich angefühlt hatte, als er ihr sanft über die Haare strich und ihr sagte, dass Gott immer einen Weg findet. Es würde alles gut werden.

Doch jetzt? Was konnte jetzt noch gut werden? Ihre gesamte Welt war auseinandergebrochen. Und niemand war da, der sie ihr wieder zusammenbaute.

„Vater! Vater, warum hast du mich verlassen?" Sie fühlte das ganze Elend der Welt auf ihren Schultern und ließ ihren Tränen freien Lauf. Sie liefen ihr heiß die Wangen hinunter, wie ein Sturzbach, ungehemmt und frei. Vorsichtig legte sie ihren Kopf auf die Brust ihres Vaters. Sie benetzten die frischen Leinentücher, aber das war ihr egal. „Er gehört mir", dachte sie. „Jetzt in diesem so einsamen Moment ist er mein."

Nada meditierte auf der anderen Seite seines Körpers. Die Schluchzer ihrer Tochter verebbten, es wurde still im Raum. Maaryam war ihrer Mutter dankbar, dass sie die Hiobsbotschaft bisher noch nicht ihren Nachbarn und Freunde überbracht hatte. So konnten sie sich verabschieden, ohne dass sie in diesem so intimen Moment gestört wurden. Sie wussten, dass dieser Zeitraum bald zu Ende gehen würde.

Maaryam fühlte sich, als ob ihr der Boden unter den Füßen weggezogen wurde. Ohne äußeren Halt wandte sie sich dem zu, was ihr in diesem Moment zur Verfügung stand. Sie atmete tiefer und gleichmäßiger, konzentrierte sich auf ihren Atem und richtete sich nach innen. So gelang es ihr, sich selbst zu beruhigen.

Da erinnerte sie sich an die Worte ihres Vaters. „Der Tod ist nicht das Ende vom Leben. Das Leben ist ewiglich. Es gibt keinen Anfang und kein Ende für die Seele. Nur unser kleines, sich getrennt fühlendes Ego-Wesen glaubt, dass der Tod des Körpers ein Unglück sei. Dabei ist es eine Einweihung. Mit dem Tod erfährst du die höchste Einweihung, die hier auf Erden möglich ist.

Also trauert nicht zu lange, sondern feiert ein Fest für die gegangene Seele. Sie hat alles geschafft, was zu schaffen ist. Für sie geht es auf der anderen Seite weiter, für die Zurückgebliebenen auf Erden!"

Maaryam drehte sich der Kopf. „Der Tod ist nicht das Ende.", hallte es in ihren Ohren. In ihr bäumte sich etwas auf, das dem widersprach. Und ohne Vorwarnung öffnete sich ein schwarzes Loch unter ihren Füßen und sie stürzte tief hinein. „Der Tod ist nicht das Ende?", lachte es hart in ihr. „Ja, was denn sonst? Natürlich war der Tod des Vaters ein Ende. Das Ende der Welt."

Gefangen in den Klauen des Dämons der Trauer

Wegen der Hitze wurde der Leichnam Issahs schon nach drei Tagen in seine letzte Ruhestätte gebracht. Doch die Feierlichkeiten an der Felsenhöhle, die seine menschlichen Überreste aufgenommen hatte und dann zugemauert wurde, dauerten wochenlang an.

Im Haus herrschte reges Kommen und Gehen. Issah war der bekannteste Meister unter der Sonne gewesen. Daher kamen die Reisenden von weit her, um ihm die letzte Ehre zu erweisen. Der Kondolenzzug riss kaum ab.

Nada und die Schwestern des Herzens hatten alle Hände voll zu tun, Brot zu backen und es mit Datteln und hartem Ziegenkäse den hungrigen Trauernden anzubieten. Dazu gab es gesüßten, heißen Pfefferminztee, der die Hitze im Körper reduzierte. Das entsprach der Gastfreundschaft. Niemals sollte ein Reisender durstig bleiben.

Manch Besucher brachte Kuchen mit, Obst, Gemüse oder Huhn, Lamm und Ziege. Die Tiere, die ihr Leben für die Menschen gaben, bekamen ein Dankesgebet, ehe sie kurz und schmerzlos getötet wurden. Danach häuteten die Frauen sie ab, nahmen alle Innereien in die Küche. Es blieb den Männern überlassen, den Braten stundenlang über dem Feuer zu drehen, bis er gar war, sein Fett zischend auf die Kohlen spritzte und seinen köstlichen Duft verbreitete. Sogar aus den Därmen wurde eine nahrhafte Suppe gekocht. Davor mussten sie im Wasser am Fluss gründlich gespült werden. Später wurde das Fell gegerbt, aus Hufen und Hörnern erzeugte man Haarnadeln oder Verschlüsse für Kleidung. Daher wurden auch sie gewaschen und in die Sonne gelegt. So hatte man immer Tauschware. Es zeugt von Ehrerbietung, Achtung und Respekt das Leben des Tieres zu würdigen, indem man alles verwendete und nichts wegwarf.

Diese Arbeit war anstrengend, doch Nada freute sich, dass sie etwas hatte, was sie ablenkte. Und das sie so müde machte, dass sie am Abend wie ein Stein ins Bett fiel. So konnte sie wenigstens einige Stunden durchschlafen, ehe sie in einen unruhigen, Fieber ähnlichen Schlummer wechselte. Und endlose Gespräche mit dem Engel des Todes führte. Am Morgen kam dann das Grauen. Es schlich sich in den Halbschlaf. Sie wusste, irgendetwas war anders. Trost suchend streckte sie die Hand aus, um den warmen Körper ihres geliebten Mannes zu spüren. Nur um mit einem jähen Schmerz der Trauer aus dem Schlummer zu fahren, wenn sie ins Leere griff und die Erinnerung einsetzte. Issah war nicht mehr. Und ehe sie Kontakt mit seinem Geist aufnehmen konnte, mussten siebzig Tage vergehen. Zehn Wochen, an denen sie ihn nicht sprechen durfte, um seine Seele nicht ans Irdische zu binden. Das war die übliche Zeitspanne, und in dieser Zeit sprachen sie regelmäßige Gebete und Mantren, um seiner Essenz Geleit zu geben.

Aber um Issahs Seele sorgte sie sich nicht. Maaryam machte ihr Sorgen. Nada hatte gleich bemerkt, dass ihre Tochter mit dem Dämon der Trauer kämpfte. Das Mädchen war ja so jung. Sie seufzte. Maaryam hatte keine große Erfahrung mit der Kommunikation über alle Ebenen, für den Moment war Issah für sie verloren.

Maaryam hatte am Tag nach seinem Tod zu schweigen begonnen. Es war, als hätte man ihre Zunge mit ihrem Vater eingemauert. Sie sprach nicht, und ihr Blick war verinnerlicht, als würde sie auf etwas lauschen, was nur sie hören konnte. Teilnahmslos stand sie neben dem Grab und die Beileidsworte der Nachbarn perlten an ihr ab wie Wasser. „Das arme Kind," flüsterten sie, „sie war doch so eng mit ihrem Vater, jetzt ist sie völlig gebrochen!" Und sie ließen Maaryam in Ruhe.

Nada hatte tagelang versucht, ihre Tochter zu erreichen, doch das Mädchen war stur. Sie wollte sie so gerne trösten und ihr Worte der Kraft vermitteln. Sie wusste, dass Maaryam alleine den Weg aus der Trauer finden musste. Sie konnte die eine oder andere Stütze sein, sie mit Kräutern, Gebeten und heilenden Ritualen begleiten, aber sie vermochte ihr diesen schweren Weg nicht abzunehmen.

Ja, ihre Tochter hatte einen starken Willen. Doch den setzte sie schon am ersten Tag der Trauer dazu ein, in ihrer Starre zu verweilen. Sie wollte weder ihr Trauergewand anlegen, noch den Schmuck tragen, der ihr Kraft geben würde. Nicht einmal ihre Locken bürstete sie, wo sie doch sonst so stolz auf ihre Haarpracht war. Früh hatte sie schon gelernt, dass Haare ein Symbol der Macht waren. Nada musste wider Willen wehmütig lächeln, als sie sich erinnerte, wie die kleine Maaryam, kaum fünf Jahre alt, eines Tages nach dem Bürsten aus dem Haus entwischt war. Ohne Schleier und Zopf, der sich über ihren Nacken legte. „Schaut, wie schön mein Haar ist!", hatte sie begeistert gesungen und ihren Kopf wild geschüttelt, dass die Energien sich aufrieben. Das hatte natürlich die Neider auf den Plan gerufen. Sie waren zu dem tanzenden Kind gerannt und hatte ihr - fünf an der Zahl - mit einem scharfen Messer dicke Haarsträhnen abgeschnitten. Sie hatten gezischt, gespuckt und das unschuldige Wesen wüst beschimpft. Bis Nada endlich hinzugehastet war, war der Schaden schon geschehen: Fünf rotbraune Strähnen ringelten sich auf dem Erdboden. Maaryam kreischte, schrie und weinte bitterlich. Doch die Energie war weg, der Stolz gebrochen. Nada hatte dem Kind danach auch den Rest der Mähne gestutzt, damit sie wieder gleichmäßig nachwachsen konnte.

Das war Maaryams erste Begegnung mit der Bosheit der Menschen gewesen. Doch nichts geschah ohne Grund - mit dieser Begebenheit hatte das Kind erfahren, wie es sich anfühlte, seine Macht zu verlieren. Sie würde in Zukunft ihre Haare beschützen. Das tat sie. Täglich mehrte sie seit diesem Tag ihre Energie mit hundert Bürstenstrichen pro Tag. Dann flocht sie sich einen schützenden Zopf und legte einen zarten Schleier darüber.

Darum erschrak Nada, als Maaryam am zehnten Tag nach Issahs Tod in der Früh in die Küche kam. Die Haare standen ihr wie Igelborsten vom Kopf ab. Sie hatte sie all mit dem Messer abgehakt!

„Maaryam! Nein!", hatte Nada geschrien und ihre Stimme hatte sich dabei überschlagen. In der Küche war es still geworden. Man hätte eine Nadel fallen gehört. Alle Frauen standen da und starrten mit blankem Horror auf ihre Tochter, die sich selber entmachtet hatte.

Von diesem Tag an ging es bergab mit Maaryams Energie. Sie saß draußen im Garten an der Mauer und starrte auf den Olivenbaum. Und sie widersetzte sich allen Versuchen, sie in die Arbeiten der Küche einzubeziehen. Immer wieder schauten Nada oder eine der Schwestern hinaus, um sie zu überreden, einen Schluck Wasser zu trinken, einen Becher Brühe und einen Bissen Obst zu sich zu nehmen. Manchmal lockten sie sie mit einem saftigen Stück Fleisch. Einige Male hatten sie Glück, öfter hatten sie keines.

„Wie lange kann ein Mensch ohne Nahrung und Wasser leben?" Die Nachbarn begannen zu tuscheln und sich hinter der Hand zu unterhalten. „Kann man denn gar nichts machen? Wollte die Mutter zuschauen, wie ihr Kind sich zu Tode hungerte?" Doch Nada schaute nicht zu, sie betete zu den Engeln und um Kraft für ihre Tochter. Sie wusste, dass das Maaryams erster Disput mit einem Dämon war. Dem der Trauer. Wie dieser ausging, so würden sämtliche anderen Kämpfe in ihrem Leben verlaufen. Daher war es wichtig, die guten Kräfte zu rufen und das Kind auf allen Ebenen zu unterstützen. Damit sie gestärkt und voller Selbstvertrauen aus dieser Begegnung trat.

Maaryam ging bald auch nicht mehr an ihren Lieblingsplatz am Fluss oder in den Kräutergarten. Ihre Robe war schmutzig, und sie hörte auf, sich zu waschen.

Nada räucherte mit speziellen Kräutern das Haus, damit die Energien wieder steigen sollten. Sie fühlte, dass sich um das Herz ihres Kindes ein eisiges Band gelegt hatte, das sein Lebensfeuer auffraß. Hatte sie in der ersten Woche nach der Verabschiedung manchmal einen Apfel gegessen, wurden die Bissen, die sie zu sich nahm, zunehmend weniger. Nada konnte sehen, dass Maaryam das Brot im Mund kaute wie ein Kamel sein Futter. Sie hatte weder Hunger noch Appetit. Nada wartete und betete. Die Tage zogen ins Land, aber der Zustand ihrer Tochter besserte sich nicht.

Was sollte sie tun? Wie viele Tage konnte sie warten? Maaryam war jung, ja, aber wie lange vermochte ihr Körper das Fasten, das seine Besitzerin ihm aufzwang, durchhalten? Ohne Schaden zu erlangen! Nada ersann immer neuen Möglichkeiten, ihrer Tochter wenigstens etwas Wasser einzuflößen.

Wenn am Abend die Sonne hinter den Bergen untergegangen war und die Hitze des Tages ihre Herrschaft an die Kälte der Nacht abgab, waren die Braten fertig. Und die Feiern, die vierzig Tage lange dauern würden, begannen. Jetzt wurden große Schüsseln mit frischem Wasser und Handtücher gebracht, damit sich die Gäste vor dem Essen die Hände waschen konnten. Eine Menge Arbeit, die die Frauen mit Hingabe verrichteten. Denn es war zu Ehren Issahs. Jeder wurde gebraucht und Nada versuchte, auch Maaryam dazu zu bewegen, zumindest die Handtücher zu reichen. Doch das Kind schüttelte nur stumm den Kopf und schloss sich in ihrem Zimmer ein.

Alle Anwesenden, Gäste wie Helfer labten sich am Braten, wischten sich den Bratensaft mit Brot von den Mündern, naschten Obst sowie andere Leckereien und tranken Wein. Dabei erzählten sie sich gegenseitig von ihren Begegnungen mit Meister Issah. Die Feiern dauerten oft bis in die frühen Morgenstunden, die Menschen schliefen gleich an der Stelle ein, wo sie gegessen hatten, ermattet vom Gelage.

Am Ende der vierten Woche blieb Maaryam im Bett. Eingerollt auf eine Seite starrte sie teilnahmslos auf die Wand, mit dem Rücken zum Fenster. Und obwohl Nada die Fensterflügel öffnete, damit ihr Kind am Morgen die Stimmen der Vögel hören konnte und die Gespräche der Reisenden mitbekam, verließ ihre Tochter das Bett kaum noch.

Nada sah sich am Ende ihrer Macht. „Issah, wo bist du nur!", seufzte sie. Sie hätte ihren Geliebten so gerne an ihrer Seite gehabt. Doch es war kein Zufall, dass Maaryam gerade jetzt mit ihrem Dämon zu kämpfen hatte, wo Issah nicht zu erreichen war. Sie erkannte, dass sie einen weiteren Meister hinzuziehen musste. Dass dieser Zeitpunkt kommen würde, wusste Nada, Issah hatte sie darauf vorbereitet: „Eines Tages, meine Geliebte, wirst du einen Verbündeten brauchen, einen starken Schamanen, der dich unterstützt, wenn ein Kranker sich an einen Ort verloren hat, wo deine Heilenergien keinen Zutritt haben."

Nada hatte gelacht, so etwas war ihr in all den Jahren nie passiert. Was aber nicht hieß, dass das niemals passieren könnte. Sie hatte angenommen, dass sie einmal krank sein und dann einen anderen Heiler um Hilfe bitten würde. Insgeheim hatte sie gehofft, dass es Maaryam sein würde. Jetzt erkannte sie, was er gemeint hatte. Da sie selber trauerte, konnte sie ihrer Tochter nicht in deren Trauer folgen. Sie würde sich darin verlieren und damit war niemandem geholfen. Wie immer waren Issahs Visionen korrekt und daher wusste sie, dass es jetzt an der Zeit war, Abraham zu rufen. Den Heiler der Wüste.

„Er wird wissen, was zu tun ist, meine Geliebte." Issah hatte sie beschwichtigend an seine Brust gezogen und seine Lippen hatten ihr Haar berührt. „Vertraue ihm unser Kind an.", hatte er gemurmelt und sie geküsst.

~*~

Nada ließ Araton holen, damit er den Heiler der Wüste aufsuchen und ihn bitten konnte, ihnen zu Hilfe zu eilen. Er kannte die Wüste gut und würde Abraham und seinen Clan finden. Nada beauftragte eine Schwester, dem Jungen reichlich Proviant und Wasser mit auf den Weg zu geben. Dann legte sie ihm ein Reiseamulett um den Hals und verabschiedete sich von ihm: „Die Göttin sei mit dir, mein Junge. Beeile dich und finde Abraham, wir haben kaum mehr Zeit. Maaryam ist in ihrer Trauer nun schon seit fünf Wochen gefangen, sie ist nur mehr Haut und Knochen. Bitte Abraham, er möge so schnell kommen, wie es ihm möglich ist."

„Und bitte mach, dass es rechtzeitig ist!", betete sie insgeheim, als sie Araton nachsah, der auf seinem Rappen davon sprengte. Sie hatte das Schicksal ihrer Tochter in die Hände der *Großen Göttin* gelegt und konnte jetzt nur mehr warten.

Unruhig ging sie durch Haus und Garten, schob hier eine Vase, da einen Teppich an seinen Platz. Würde Araton Abraham finden? Würden sie rechtzeitig hier sein, um Maaryam zu retten? Sie grüßte die neuangekommenen Reisenden und verabschiedete sich von anderen. Verrichtete ihre Gebete. Doch sie war nicht bei der Sache. Immer wieder ging sie zu Maaryam ins Zimmer, um mit ihrer Tochter zu sprechen und sie mit ihrem eigenen Willen am Leben zu halten. Manchmal konnte sie dem Kind sogar Wasser einflößen.

Fünf Tage nach seiner Abreise kehrte Araton in fliegender Hast zurück. Sie sah ihn schon von weitem in der frühen Abenddämmerung. Alleine! Vergeblich versuchte sie, einen zweiten Reiter zu erspähen oder eine Staubwolke am Horizont, die das Nahen einer Karawane ankündigte; Araton kam ohne Abraham zurück.

Nada schlug die Hände vor ihr Herz und sank auf die Knie. Jetzt war alles verloren. Manchmal war sie so müde, dass sie sich am liebsten selber zum Sterben hingelegt hätte. Still rannen ihr die Tränen der Verzweiflung über das Gesicht, während ihr Verstand fieberhaft nach einer Lösung suchte. Was konnte sie jetzt noch tun, um das Kind vor dem Tode zu retten? Sie aus den Klauen des Dämons der Trauer zu entreißen?

Da war Araton schon bei ihr, sprang elegant vom Pferd und hob sie auf die Füße. „Rasch, Mutter Nada", keuchte er, völlig außer Atem vom Ritt, „kommt in die Küche, ich habe ein Heilkraut von Abraham, das sollen wir Maaryam in einer Brühe kochen. Das Kraut wird ihr Herz erwärmen. Und ihren Spirit heben. So hat der Heiler der Wüste es mir gesagt." Er stützte die Frau, die vor Sorge um ihre Tochter leicht schwankte, und gemeinsam eilten sie in die Küche.

Dort zog Araton ein Päckchen aus seiner Tasche und reichte es der Heilerin. Das Tuch hatte rötliche Flecken und ihm entströmte ein eigenartiger Geruch. Er weckte eine Erinnerung in Nada, die sie schon lange vergessen hatte. Sie runzelte die Stirn und öffnete es vorsichtig. Ein halb verwelktes Kraut kam zum Vorschein, mit sternförmigen gelben Blüten. Jede hatte fünf Blütenblätter. „Ah", entfuhr es ihr „das ist ein giftiges Kraut!" Jetzt erinnerte sie sich, sie solle es möglichst meiden, hatte ihre Mutter ihr einst gesagt, da war sie vier Jahre gewesen. Seitdem hatte sie diese Pflanze nie mehr gesehen.

„Es ist stark, ja", sagte Araton. „Abraham hat es frisch gepflückt und mir mitgegeben. Maaryam soll es trinken, bis sich ihr Spirit wieder erhellt hat. Aber sie darf in der Zeit nicht an die Sonne gehen, denn dann würde ihre Haut verbrennen."

Während die Schwestern den Absud machten und einen Becher Brühe erhitzten, setzte sich Nada schwer auf einen Schemel. Sie griff sich an den Hals, es schürte ihr die Kehle zu. „Erzähle, Araton, warum bist du alleine zurückgekommen? Warum hast du Abraham nicht mitgebracht? Was ist geschehen?", ihre Stimme war nur mehr ein Flüstern.

Der junge Mann schaute auf die betagte, müde Frau und sein Herz weinte mit ihr. So viel Leid! Er war wütend auf seine Freundin Maaryam, was war sie doch stur! Sie wollte Issah folgen ohne Rücksicht auf die Gefühle anderer. Araton schüttelte den Kopf. Als er sah, welche Wirkung das auf Nada hatte, kniete er sich neben die Frau und nahm ihre Hand in seine. „Beruhigt euch, Mutter Nada! Abraham wird kommen!"

Da begann die Heilerin vor Erleichterung haltlos zu schluchzen. Araton fühlte sich hilflos, was konnte er jetzt tun? Wenn seine Mutter weinte, hielt sie sein Vater immer im Arm. Doch er war ein Junge und sie eine weise Frau - wie sollte er sie trösten?

Dann war der Moment schon vorbei, Nada nestelte in ihrer Tasche um ein Taschentuch. Nachdem sie sich die Augen abgewischt und die Nase heftig geschnäuzt hatte, richtete sie sich aufrecht auf ihrem Schemel auf und bat: „Erzähle mir alles der Reihe nach."

Araton ließ sich nicht zweimal bitten. „Ich ritt in die Berge und fragte mich durch, wer Abraham das letzte Mal wo gesehen hatte. Er ist ja ständig auf Reisen, aber, der Göttin sei Dank, ich habe schon am Abend des ersten Tages erfahren, wo er sich gerade aufhielt. So schnell mich mein Rappe trug, ritten wir am nächsten Morgen ans Ende der großen Berge, wo der Fluss sich teilt. Dort kam ich dann gegen Abend an. Wir hatten kaum gerastet, mein Pferd war müde und brauchte Wasser, aber wir haben Abraham gefunden."

Er machte eine Pause und trank den Tee, den ihm eine Schwester reichte. „Danke! - Und er hatte uns schon erwartet, stellt euch vor! Also Abraham." Araton sprach hastig weiter. „Er ließ sich aber dennoch alles genau erzählen und ging am nächsten Morgen in die Dünen, um mit den Spirits zu sprechen. Sie zeigten ihm auch dann das Kraut, das das Herz erwärmt und bereit macht, die Lebensfreude wieder aufzunehmen. Aber sie warnten ihn, dass es die Macht der Sonne verstärken würde. Wer das Kraut trinkt, verbrennt in der Sonne. Es darf also nur solange verwendet werden, solange man sich im Haus aufhält. Und danach ist es noch zwei Tage und zwei Nächte wirksam!" Araton blickte ehrfürchtig auf die Pflanze, die auf dem Küchentisch lag. So viel Macht hatte dieses kleine Kraut. Dabei schaute es so harmlos aus mit seinen hübschen gelben Blüten.

„Ja, aber - wird Abraham nicht kommen?", Nada konnte sich nicht vorstellen, dass dieses Kraut alleine Macht hätte, den Dämon der Trauer völlig zu bezwingen.

„Oh ja, Abraham wird kommen. Doch er musste noch einige Tage dortbleiben, eine schwierige Sache erledigen … dann bricht er mit seiner Karawane auf. Er wollte das sowieso tun, denn auch er will seinem Freund Issah die letzte Ehre erweisen. Und bis dahin sollen wir Maaryam das Kraut geben und sie wieder zu Kräften bringen. Denn erst dann kann er mit seinen Worten etwas erreichen. So hat er gesagt."

Nada war beruhigt. Abraham würde kommen und mit dem Kind sprechen. Er kannte andere Gebete und Rituale, um ihre Tochter aus der Trauer zu befreien. Sie seufzte - jetzt musste sie nur das sture Mädchen dazu bekommen, die Brühe mit dem heilenden Kraut zu trinken. Sie dachten, es konnte nicht schaden, wenn Maaryam einen kleinen Ausflug in den Garten machte. Denn es war mittlerweile Abend und die Sonne fast hinter den Bergen versunken, sie würde dem Kind nicht mehr gefährlich werden. Dort unter dem Olivenbaum, wo sie so viele schöne Stunden mit ihrem Vater verbracht hatte, würde sie das Heilmittel sicherlich trinken.

Sie bat daher Araton, Maaryam zu holen und in den Garten zu tragen. Während der Knabe das Mädchen holte, bereitete Nada aus dicken Polstern eine herrliche Lagerstatt. Das Kind war so lange im Bett gelegen, sie konnte kaum mehr sitzen. Dann ging sie in die Küche, um den heilenden Trank zu holen.
Nada spähte aus dem Fenster. War Maaryam schon am Olivenbaum? Ja, Araton hatte sie liebevoll auf die Kissen gebettet, saß an ihrer Seite und hielt ihre kleine Hand.

Nada zerriss es das Herz, als sie ihre Tochter betrachtete. Das schöne kastanienfarbige Haar, das ihr immer in glänzenden Locken auf den Rücken gefallen war - fort. Ihr Schleier lag achtlos auf ihren schmalen Schultern und ihre Gesichtsfarbe glich alter Milch. Nada konnte keine Lebensfreude in Maaryams moosgrünen Augen erkennen, sie zeigten das stumpfe Licht übermäßiger Trauer.

„Es ist nicht gut, wenn die Tochter mehr trauert als die Mutter.", dachte Nada wohl zum hundertsten Mal, seit Issah gegangen war. Kinder standen der Anderswelt meist näher, daher akzeptierten sie den Tod rascher. Und ein junger Körper will sich lebendig fühlen. Er streift übermäßige Trauer bald ab.

Doch Maaryam ist anders. Das war sie immer schon. Nada hatte mit ihrem Mann oft diskutiert, ob sie das Mädchen nicht überforderten, wenn sie ihr so früh das Heilen beibrachten. Normalerweise erfolgte die Einweihung nach der ersten Initiation. Issah war davon überzeugt gewesen, dass ihre Tochter es schaffen würde. Sie hatte seinen Samen in sich und war zu Großem geboren. Letzteres wusste sie zwar nicht, würde es aber bald genug erfahren.

Also hatte sich Maaryam ihren Eltern mehr angeschlossen als Kindern ihres Alters. Da sie kaum gleichaltrige Freunde hatte, kannte sie weder Spiele noch Streiche der Mädchen und Jungen. Daher hatte ihre Tochter kein Gefühl für die Energien entwickelt, die sich zwischen Mann und Frau aufbauen konnten. Nada seufzte erneut. Sie wischte sich mit der Schürze eine Träne aus dem Augenwinkel. „Ach, Maaryam!", flüsterte sie.

Natürlich waren ihrem Kind Freunde nicht abgegangen. Sie hatte doch ihren geliebten Vater als Gefährten. Und Araton war immer ein stummer Schatten in ihrer Nähe. Nada schüttelte den Kopf. Wie oft hatte sie darüber mit Issah debattiert. Aber er konnte bei manchen Dingen sehr bestimmt, ja stur sein. Das hatte Maaryam von ihm. Dafür konnte das Kind jetzt schon zahlreiche Rituale und Gebete und kannte sich mit Kräutern fast so gut aus wie Nada selbst.

Sie füllte etwas heilende Brühe in eine Tasse und brachte sie in den Garten zu ihrer Tochter. Das Kind musste den Becher jetzt leeren. So ging das keinesfalls weiter, die Schulterknochen zeichneten sich schon spitz unter dem zarten Nacken ab. Sie straffte die Schultern und bat Araton mit einem Blick, sie alleine zu lassen.

„Maaryam, mein Kind," insistierte Nada, nachdem der Knabe gegangen war, „ich bin es, deine Mutter. Bitte komm' aus deiner Trauer, trink diese Brühe, die ich für dich zubereitet habe."
Doch diese wandte ihr Gesicht ab und schüttelte den Kopf. Sie flüsterte etwas.

„Maaryam, ich kann dich nicht hören, bitte sprich deutlich mit mir.", Nada ließ nicht locker. Das Kind musste die Brühe trinken.

„Mein Leben ist zu Ende. Ich sehe keine Zukunft, Vater hat mich verlassen. Mit wem soll ich nun sprechen, wer soll mich lieben? Ich habe niemanden mehr." In ihrer Trauer und ihrem Zorn vergaß sie, dass sie mit ihrer liebenden Mutter sprach, die nur allzu bereit war, ihr Kind zu trösten. Doch Nada drängte sich nicht auf, wies ihre Tochter nicht zurecht, sondern nickte nur stumm und reichte Maaryam den Becher mit der Brühe. „Hier trink.", befahl sie mit ihrem Ton, der keinen Widerspruch duldete. „Trauer ist gut und wichtig, aber du trauerst nicht mehr um Issah. Du willst ihm folgen. Und das war niemals sein Plan. Dein Weg endet hier noch lange nicht. Du hast eine Bestimmung, die auf dich wartet. Dazu brauchst du deine ganzen Kräfte. Du hast einen starken Willen, doch der soll dir dienen, deine Bestimmung zu erfüllen. Und nicht, dein Leben zu beenden. Du besitzt eine natürliche Macht, dir den Körper zu unterwerfen, doch du darfst sie niemals dazu einsetzen, sie gegen das Leben selbst zu wenden. Darum heißen wir Heiler. Wir machen das Leben ganz."

Nada atmete schwer. Sie war sowieso keine so langen Reden gewöhnt und die Trauer und die wochenlangen Sorgen hatte sie zusätzlich erschöpft. Die Hand mit dem Becher zitterte leicht. Wann würde das sture Kind endlich einen Schluck Brühe trinken?

Maaryam hatte die Rede ihrer Mutter stumm über sich ergehen lassen. Sie bewegte sich kaum, nahm dann doch den Becher und leerte ihn. In einem Zug, mit Todesverachtung, aber sie trank ihn. Göttin sei Dank! Nada seufzte erleichtert. Nun würde bald wieder Leben ins Kind kommen.

Sie nahm den leeren Becher entgegen und legte ihrer Tochter die Hand auf den Rücken, wie es Issah oft getan hatte. Das brach plötzlich das Eis, das sich um Maaryams Herz gelegt hatte. Sie schluchzte auf und warf sich ihrer Mutter in die Arme.

„Mama", stammelte sie, „Mama, er fehlt mir so." Tränen nässten Nadas Gewand, als sie ihr Kind an sich drückte und ihr wieder und wieder über den Rücken strich. „Ja, mein Kind, ja, weine nur. Wir alle vermissen Issah. Doch er ist nicht weg, er ist nur auf einer anderen Ebene. Und wir werden wieder mit ihm sprechen, ihn wieder fühlen. Auf andere Weise, doch wir sind niemals getrennt." Auch über Nadas Wangen liefen Tränen. Sie war froh, dass sie eine Verbindung zu ihrem Kind hatte herstellen können. Und dass sich Maaryam gegen den Dämon der Trauer zum ersten Mal gewehrt hatte. Es würde eine ganze Weile dauern, bis er dauerhaft in seine Schranken gewiesen sein würde, doch der Anfang war getan. Ein Schritt ins neue Leben ihres Kindes.

Maaryams Schluchzen war leiser geworden und schließlich verebbt. „Möchtest du mit mir das Gebet für deinen Vater sprechen, liebste Tochter?", fragte Nada und reichte dem Kind ein Taschentuch. „Wir begleiten die Seelen für siebzig Tage mit Gebeten und Ritualen. Wenn der Geist deines Vaters seine Reise in die Welt der Ahnen abgeschlossen hat, wird er sich bei dir melden. Da sein Körper rascher Energie verloren hat, als er es gehofft hatte, konnte er Araton nicht mehr anleiten und deine Ausbildung nicht mehr vollenden. Er wird dich und Araton also geistig schulen. Doch für die geistige Arbeit und die Initiation braucht dein Körper Kraft, mein Kind. Verwende also die Zeit bis sich dein Vater meldet, damit, deinen Körper zu einem würdigen Tempel zu machen. Einem Tempel, in dem eine große Heilerin wohnt. Wenn du möchtest, helfe ich dir vor dem Gebet, dein Haar zu waschen und zu ölen, deinen Körper zu reinigen und dein Trauergewand anzulegen. Dann vollziehen wir das Ritual gemeinsam."

Lange Zeit sagte Maaryam nichts. Sie saß, die Nase auf die Brust ihrer Mutter gedrückt, atmete den so vertrauten Duft von getrockneten Kräutern und Frau ein und genoss das Gefühl der Sicherheit, das zaghaft in ihrem Bauch erwachte. Sie fühlte, wie sich das schwarze Loch zu schließen begann.

„Ja, Mutter.", Maaryam wischte sich die Tränen vom Gesicht, schnäuzte sich kräftig und setzte sich aufrecht hin. „Lass uns gehen und den Körper zum Tempel für eine große Heilerin machen." Und als sie das sagte, huschte zum ersten Mal seit dem Tode Issahs ein zaghaftes Lächeln über ihre Lippen. Und das erhellte nicht nur ihre eigenen grünen Augen, sondern auch das Herz ihrer Mutter.

~*~

Eine Woche später war es dann soweit. Abraham kam mit einer kleinen Gruppe aus seinem Gefolge, um Issah die letzte Ehre zu erweisen und Maaryam kennen zu lernen. Diese hatte sich schon etwas erholt, das Kraut gab ihr die Kraft und Lebensfreude wieder. Sie war den Anweisungen gefolgt und hatte sich tagsüber in der Küche aufgehalten und kleine

Arbeiten erledigt, um die Haut vor der Sonne zu schützen. Anfangs ermüdete ihr Körper rasch und sie musste viel schlafen. Doch sie war jung, daher erholte sie sich täglich mehr. Es war eine Freude, das mit anzusehen.

Sie war mittlerweile schon gefasster und setzte sich in ruhigen Minuten am Abend manchmal zu den Herren aus der Wüste. Zwar mit etwas Abstand, jedoch sehr interessiert. Sie wusste, Abraham war auch ihretwegen gekommen und sie wollte wissen, was geschehen würde. Der Heiler merkte ihr Erscheinen immer sofort. Er blickte freundlich in ihre Richtung. Sie spürte eine unbestimmte Vertrautheit, konnte sich aber nicht entschließen, dem Gefühl zu vertrauen. Es war, als könne er in sie hineinschauen und erkennen, was sie beschäftigte. Manchmal genügte ein aufmunterndes Nicken seines Kopfes und sie verstanden einander. Und doch, sie war vorsichtig mit Fremden.

Ihr Herz schwieg jetzt, denn sie war ja nicht nur Betroffene, sondern auch Gastgeberin. Nachdem sie sich entschlossen hatte, weiterzuleben, kam sie ihren Pflichten so eifrig nach, so gut es ihr Körper erlaubte. Sie musste äußerlich stark sein, für die Zeit der richtigen Trauer, wo sie Issah würde loslassen müssen.

Die Energie der Wüstenbesucher hatte etwas Anziehendes. Sie merkte, dass sie in Abrahams Nähe wieder tiefer atmen und mit Hilfe ein paar Schlucken Tee leichter zur Ruhe kam. Er strahlte väterliche Sicherheit aus. Genau das, was sie jetzt brauchte. Einerseits war sie angezogen von der mentalen Stärke, andererseits überkamen sie Zweifel: Konnte sie dem Fremden vertrauen?

Verstohlen beobachtete sie den Heiler der Wüste, wie er an der Ruhestätte niederkniete und ihrem Vater die höchste Ehre der Schamanen zuteilwerden ließ. Ein heiliges Ritual, voller Kraft und Anmut. Da war sie fast beschämt, ob ihrer Zweifel.

Ein sanftes Klopfen auf ihrer Schulter riss Maaryam aus ihren Gedanken. Ihre Mutter stand neben ihr und nickte ihr aufmunternd zu. Sie bat sie, in die Küche zu gehen und alles für das Mahl mit dem Heiler der Wüste und seinem Gefolge vorzubereiten.

Als Maaryam im Haus verschwunden war, ging Nada zu Abraham, der sein Ritual eben beendet hatte, um ihn zum Mahl zu bitten und mit ihm zu sprechen. Sie verbeugte sich vor dem Heiler, der gemeinsam mit einem jungen Mann an der Felsmauer kniete. Die Männer standen sogleich auf und verneigten sich ihrerseits tief vor Nada. Sie nahm diese Ehrerbietung dankend an: „Ich hoffe, ihr habt alles, was ihr braucht. Ich bin zurzeit sicherlich nicht die beste Gastgeberin und kann mich nicht so gut um alles kümmern.", entschuldigte sie sich etwas heiser. Die Ereignisse der letzten Wochen hatten sie doch stark mitgenommen. Jetzt, wo Maaryam über dem Berg war, merkte Nada, wie sehr.

„Es ist die Zeit, in der der Meister zu den Sternen gegangen ist. Es gibt nichts, was du für uns tun sollst. Was aber können wir für dich tun?", Abraham blickt auf die kleine Frau vor ihm. Tiefe Falten der Trauer und Sorgen zeichneten sich in ihr Gesicht, doch er sah auch die Lachfältchen in ihren Augenwinkeln. Er wünschte sich für Nada, dass sie bald wieder lachen konnte. Das würde das Herz weiten und befreien.

Nada spürte den Blick des Mannes vor ihr. Sie erstarrte, als sie sein Mitgefühl auffing. Sie fühlte sich ertappt, obwohl sie das Recht hatte zu trauern. Und erschöpft zu sein. Es war die schwierigste Zeit in ihrem Leben.

Und so blickte sie tief in die liebevollen Augen des Schamanen, der ihr völlig fremd war und konnte ihre Tränen nicht mehr aufhalten. Nada weinte nie vor Männern. Außer Issah … Als sie an ihren Geliebten dachte, war es um ihre Beherrschung endgültig geschehen.

Sie schwankte und verlor kurz ihr Gleichgewicht. Doch ehe sie fallen konnte, fing Abraham sie auf. Er hielt sie fest und dadurch bekam ihre mühsam aufrecht erhaltene Kontrolle einen Riss, dann brach der Damm. Sie stöhnte und heulte laut, den Blick in den Himmel gerichtet. Sie wiegte sich vor und zurück und stimmte einen Klagegesang an. Sie fühlte sich, als wäre ihr

Herz in tausend Scherben geborsten. Ihr Trauergesang ließ die Menschenmenge erbeben und alle schwiegen betroffen.

„Er hat uns vorbereitet auf den Tag seines Abschieds. Du weißt, in vielen Gesprächen haben wir über die nahende Zukunft gesprochen. Du brauchst dich also um nichts zu kümmern. Es ist für alles gesorgt.", sprach der Mann aus der Wüste, als Nada sich beruhigt hatte.

„Du bist uns jederzeit willkommen. Als Gast in unserer Mitte. Issahs Werk ist getan, doch du hast noch viel zu tun. Wir Wüstenschamanen werden für dich und deine Familie da sein. Tag und Nacht." Abraham legte einem stattlichen jungen Mann an seine Seite den Arm um die Schulter.

„Ich bitte dich, lass ab heute meinen jüngsten Sohn Noah bei dir wohnen. Er wird als Bote agieren. Er bekommt das beste Pferd dafür, meinen starken furchtlosen Rappen Antares. Wann immer du oder deine Familie Hilfe brauchen, schickt Noah zu uns. Wir reiten dann los, Tag oder Nacht. Egal zu welcher Zeit, wir werden da sein." Er klopfte seinem Sohn auf die Schulter.

"Es ist mit Noah alles besprochen. Er will die Welt außerhalb der Wüste kennenlernen und er braucht andere Erfahrungen. Wenn es dir recht ist, hast du ab heute einen neuen Knecht. Was sagst du dazu? Ist dein Herz damit einverstanden?" Die Stimme des Schamanen hatte etwas Beruhigendes. Nada war sehr froh über sein großzügiges Angebot.

„Ich erinnere mich an unsere nächtelangen Gespräche an deinem Lagerfeuer. Mein Mann hatte die Zukunft geplant, bis die Sonne aufgegangen war. Ich wusste, dass Veränderungen auf uns zukommen würden, jedoch ahnte ich nicht, dass es so bald sein würde." Nada lächelte dem Jungen zu.

"Ich freue mich über deinen Noah. Er kann gerne ab jetzt bei uns wohnen. Dein Pferd wird den besten Platz im Stall bekommen und das reichhaltigste Futter. Es soll für beide immer gut gesorgt sein. Meine Seele ist dankbar. So soll es sein. Ab sofort lebt er bei uns, wie ein eigener Sohn."

Noah nickte. Er wusste Bescheid. Abraham blickte seinem Jungen in die Augen: „Von nun an beschützt du die Familie des größten Heilers aller Zeiten. Er hat uns mit dem Auftrag alle Frauen zu beschützen, eine große Gnade erwiesen. Die Welt verändert sich und wir müssen Vorkehrungen treffen. Ab sofort ist Nada, die Frau des Heilers deine Herrin. Ihr Wort ist dein Gesetz. Bist du bereit deinen Dienst anzutreten? Du beginnst sofort."

„Ich bin bereit, Vater. Ich will hier wohnen, mich als Knecht nützlich machen und als Bote zwischen unserem Wüstendorf und der Heilerfamilie dienen. Und ich werde der schnellste und beste Reiter sein, den du je gesehen hast. Sei gewiss, niemals habe ich mich auf eine Aufgabe mehr gefreut als auf diese." Er machte eine tiefe Verbeugung vor dem Vater: „Danke dir für dein Vertrauen und Antares. Ich werde mich als würdig erweisen. Danke, Vater!"

Abraham nickte seinem Sohn zu und entließ ihn mit einem Nicken.

„Liebe Mutter Nada, du weißt, was wir damals besprochen hatten. Maaryams Ausbildung muss unverzüglich weitergehen. Durch ihre besondere Seelensignatur im Herzen ist ihr Geist anfällig für alle möglichen Ablenkungen und Dämonen. Sie muss geschult werden, damit sie ihre Kräfte weise und ihre Macht für das Gute einsetzt. Und sie muss lernen, ihren Geist zu zähmen. Noch ist ihre Heilkraft nicht ganz durchgebrochen. Das hat sie jetzt gerettet. Wenn sie ungeschult ihre volle Kraft einsetzt, kann sie großes Unheil bewirken." Er machte eine bedeutungsvolle Pause und blickte hinüber zur Haustüre, wo sich Maaryam mit Noah unterhielt.

„Erlaube mir also, den Unterricht mit ihr zu beginnen, wie es Issah geplant hatte. Und das so rasch wie möglich. Die Zeiten werden dunkler. Wir brauchen mehr Kraft und Energie als je zuvor, um unsere Plätze vor Überfällen zu schützen." Er schaute Nada in die Augen. Sie verstanden sich stumm. "Deswegen kann ich leider auch nicht lange bleiben.", endete er.

„Ich verstehe. Nada erschauderte es. "Du willst Maaryam also gleich mitnehmen? Darum mussten wir ihre Gesundheit so rasch wie möglich wiederherstellen. Sie weiß aber noch nichts davon. Ich selbst hatte nicht damit gerechnet, dass die Zeit so rasch kommen würde. Dass sie fort muss, ist sicher etwas viel für sie. Und sie trinkt noch das Kraut.", dachte Nada laut.

„Ich weiß. Nur, die Zeit drängt. Für den ersten Teil sollten wenige Wochen genügen. Dann kommt sie zu dir zurück." Er nahm Nadas Hände in seine.

„Die Zeit in der Stille der Wüste wird ihr guttun, denn die Wüste ist die größte Heilerin überhaupt. Sie bekommt ihren Unterricht, erfährt ihre Einweihung, und sie kann sich auch über ihren weiteren Lebensweg Gedanken machen. Da gibt es viel zu tun, du weißt, wie viel einst auf ihren Schultern lasten wird. Niemand wird in der Heilkunst je so begabt und erfolgreich sein, wie Maaryam eines Tages. Sie lernt schnell und kann Gesetze umsetzen. Genau diese Art der Geisteskraft trägt den Samen weiter. So wird auch sie eine Meisterin. Ganz ehrlich gesagt, wir brauchen sie jetzt schon dringend als Lehrmeisterin. Viele unserer Schüler und Schülerinnen kommen nicht weiter, weil die erwachten Lehrer fehlen. Doch dazu muss sie sich erst selber erziehen, es kann nicht angehen, dass sie ihre Macht nochmal gegen sich selber einsetzt."

Abraham seufzte und hing eine Weile schweigend seiner Gedanken nach. „Ich habe das sichere Gefühl, dass ihre Passion erblühen wird und sie ein großes Potential in sich trägt.", fuhr er dann fort. "Rede also du mit ihr, und mache ihr klar, wie wichtig es ist, ihre Ausbildung bei mir in der Wüste anzutreten. Du weißt, wie wenigen diese Ehre zuteilwird. Lass die Bestimmung sprechen."

Mutter Nada atmete schwer. Es war die Zeit des Loslassens. Zuerst ihren Mann, nun auch ihren kleinen Wirbelwind. Maaryam war zwar freier und unabhängiger als andere. Sie lernt vieles im Vorbeigehen und hatte ein tiefes inneres Wissen, das kaum im Ansatz erfahren wurde. Aber dennoch, sie war noch so jung.

„Gut, ich werde sie überzeugen.", nickte Nada, verneigt sich und ging zu ihrer Tochter, die beim Rappen Antares stand und ihm über seine samtenen Nüstern strich.

„Liebes Kind, nach den Vorkommnissen der letzten Wochen ist es nun Zeit, dass du eine besondere Schulung bekommst. Du musst unbedingt deinen Geist beherrschen lernen. Er soll dein Diener sein und nicht du seiner. Dein Geist ist wie ein Fohlen, wenn du es nicht zähmst, wird es dich in den Abgrund tragen." Sie machte eine bedeutungsschwangere Pause.

„Abraham hat uns die Ehre erwiesen, dich als seine Schülerin anzunehmen. Er wird dich ausbilden und deine erste Einweihung überwachen. Dein Vater hatte schon alles mit ihm geregelt." Nada legte ihre Hand auf Maaryams schmalen Rücken. Der hatte sich zwar bei ihren Worten gestrafft, doch das Kind hörte weiterhin aufmerksam zu.

„Die höchsten Heilkünste unserer Zeit werden dir durch Abraham anvertraut.", fuhr Nada fort. „Das ist etwas ganz Seltenes. Nicht oft passiert es, dass Wüstensöhne Frauen in ihr Schamanenreich einladen, um sie auszubilden. Das ist deine Erbschaft deines Vater." Sie machte wieder eine Pause, damit Maaryam das Gesagte aufnehmen konnte: „Wir haben das schon lange geplant.", fügte sie mit Nachdruck hinzu.

„Da sich gerade die Ereignisse überstürzen, können wir nicht länger warten. Unsere Gäste müssen zurück. Die Kämpfe und Unruhen in ihrem Gebiet erlauben kein langes Fernbleiben. Du musst also aufhören das Kraut zu trinken, damit du wieder in die Sonne kannst. In zwei Tagen werdet ihr reisen.", beschloss Nada ihre Rede.

Maaryam erschrak, als sie die Worte ihrer Mutter hörte. „Ich soll also mit völlig fremden Menschen mitgehen?", dachte sie. Sie fühlte erneut das kalte Band um ihr Herz, doch sie nahm einen tiefen Atemzug und nickte. Sie würde ihr Fohlen zähmen, damit es sie nicht wieder so nahe an den Abgrund führte.

„Wer wird dir hier mit all den Menschen helfen? Wie soll das gehen? Und - bin ich nicht noch zu jung?", versucht sie dennoch einen letzten Ausweg zu finden.

„Deine älteste Schwester Katharina wird hier bei mir bleiben, ihre Kinder werden mit einziehen. Sie ist sehr unglücklich mit der Wahl ihres Ehemanns. Du kennst die Geschichte. Sie hat zu früh geheiratet. Daher wird sie deine Aufgaben übernehmen. Und ja, du bist jung, aber das Schicksal will es nun einmal so. Doch du bist stark im Willen und wirst deine Aufgabe meistern. Dafür schenke ich dir meinen Schimmel Andora. Du brauchst jetzt ein gutes Pferd. - Es ist ja nur für wenige Wochen, dann bist du wieder da. Und Noah hilft uns am Hof. Mach dir keine Sorgen und packe deine Sachen. Es wird alles gut."

Zwei Tage später war es soweit. In der Stunde des Abschieds wurde es Maaryam wieder schwer ums Herz. Sie stand mit gesenktem Kopf neben ihrem Pferd. Ihre wenigen Habseligkeiten hatte sie in ein Tuch geschnürt, das schon hinter dem Sattel festgebunden war.

Da fasste sie jemand am Arm. Als sie aufblickte, schaute sie in Abrahams milde Augen. „Du bist die Tochter des größten Heilers aller Zeiten. Auch noch in tausenden von Jahren werden sie von seinen Taten berichten. Sei stolz und erhebe deinen Kopf. In der Wüste kannst du weinen. Doch jetzt bezähme deine Trauer, zeige deine Größe. Ich habe dir spezielle Kleidung mitgebracht. Geh nun und ziehe sie an. Es soll allen ein Zeichen der Hoffnung sein und ihnen beweisen, dass es nach dem Tod weitergeht. Du bist jetzt eine leuchtende Flagge für alle jene die zweifeln." Abraham nickt ihr aufmunternd zu: "Trage jede Sekunde das Werk deines Vaters in deinem Bewusstsein. Vergiss es niemals. Halte stets deinen Kopf hoch und kleide dich richtig. Du bist die nächste Schamanin für dein Volk." Er ließ ihren Arm los und gab sie frei.

Durch seine Berührung schien Maaryam Energie bekommen zu haben. Sie fühlte sich ausgeglichen und kraftvoll, hob aus innerer Stärke heraus den Kopf und ging in aufrechtem Gang ins Haus zurück. Dort fand sie auf ihrem Bett aus wunderschön gewirktem Tuch dunkelblaue Kleidungsstücke und viele Meter lange Seide für den Schleier. Sie zog alles über ihr schlichtes Kleid an und band sich den Kopfschutz nach Art der Wüstenfrauen. Dann legte sie sich den Umhang um und nahm den seltsamen Schmuck auf. Sie trat ans Fenster und betrachtete ihn genauer. Auf einer schweren Metallscheibe waren bunte

Steine zu einem Muster zusammengefasst. Von ihm ging eine unsichtbare Kraft aus.

„Ein Schutzmedaillon der Wüste", fuhr es ihr durch den Kopf. Sie legte sich den Anhänger um den Hals. Zum Schluss fand sie eine kleine Sichel, die sie sich unter den Überwurf in den Gürtel schob. Sie sah in den Spiegel und erblickte eine stolze Wüstenfrau, die mit wissenden Augen der Welt entgegentrat. Hätte sie nicht ihr eigenes Gesicht getragen, wäre Maaryam erschrocken, so viel Macht blickte ihr entgegen.

Ihr letzter Weg vor dem Aufbruch galt ihrem Vater. Als sie sich seiner Ruhestätte näherte, ging ein Raunen durch die Menge. Alle verneigten sich vor Maaryam. Sie nickte und deutete ihnen, sie mögen sie für einen Moment alleine lassen. Dann kniete sie sich neben die Grabstätte ihres geliebten Vaters. Da endlich nach so vielen Wochen, fand sie die richtigen Worte. Und so betete sie aus tiefstem Herzen:

„Vater, meiner Seele,
ich folge nun dem Ruf, den du erschallen hast lassen.
Ich gehe in die Fremde und vertraue dir auch über den Tod
hinaus.
Du hast bestimmt, dass ich deinem Weg folgen soll.
Ich kenne diesen Weg nicht, ich habe Angst und Mut
gleichzeitig.
Ich will Abraham vertrauen, weil du es getan hast und weil es
Mutter tut.
Ich will alles lernen, erkennen und erforschen, was zum Wohle
der Menschheit ist.
Bitte hilf mir dabei. Ich bin noch so unsicher und hoffe, du bist
immer bei mir.
Ich liebe dich über den Tod hinaus. Immer und immer bist du
mein Vorbild, mein Vater, mein Schutz und meine Kraft.
Lass mich durch dich Gottvater, Gottmutter erkennen und
immer das richtige tun.
Bitte verlasse mich nicht.
Ich bitte dich um ein Zeichen unserer Verbindung, das nur du
und ich kennen."

Sie schloss die Augen und bat, ein klares Bild zu empfangen. Es dauerte eine Weile, bis sich ihr trauernder Geist beruhigt hatte. Ihre Atmung wurde tiefer. Dann erschien ein Bild vom Olivenbaum im Garten. Ein Lächeln zaubert sich von innen auf ihre Lippen. Ja, das war ihr Lieblingsplatz gewesen. Dort wo sie in Liebe verbunden, viele Stunden glücklich verbracht hatten. Das Bild war der Verbindungspunkt zwischen Jenseits und Diesseits. Ein herrlicher sonnendurchfluteter Platz. „Danke. Dieses Kraftbild nehme ich gerne mit. Ich liebe dich in mir und um mich - für immer.", verabschiedete sie sich von ihrem Vater.

Die Karawane war zum Aufbruch bereit und Maaryam machte sich auf den Weg zu ihrem Pferd. Der blaue Schleier bedeckte fast zur Gänze ihr Gesicht. Langsam schritt sie durch die erstaunte Menschenmenge, die vor dem Haus lagerte. Sie fühlte eine besondere Aura um sich. Und wirklich, die Energie war auch für andere fühlbar: Alle blicken dieser Wüstenfrau entgegen, die da in aufrechter Haltung auf sie zutrat und eine natürliche Macht ausstrahlte. Wer sie wohl war? Erst als Nada an sie herantrat und sie herzend in den Arm nahm, erkannten die Menschen, dass es Maaryam war. Was war mit ihr geschehen? Wie kam es, dass sie sich in kurzer Zeit derart verändert hatte?

In Nadas Augen erschien Freude über die Veränderung ihrer Jüngsten. „Du bist bereit, meine Tochter. Ich fühle es und ich bin sehr stolz auf dich. Hier habe ich ein kleines Geschenk für dich. Es ist eines der leeren Bücher, die du für die Aufzeichnungen deiner Gedanken, Gebete, Kräuter und anderem verwendest. Mit dieser Reise schlägst du ein neues Kapitel deines Lebens auf. Das braucht ein neues Buch." Sie überreichte ihrer Tochter ein Päckchen. „Du bist eine würdige Nachfolgerin deines Vaters. Ich werde hier auf dich warten bis du zurückkommst. Ich liebe dich, mein Kind der Liebe. Die Göttin und alle Sterne mögen über dich wachen!", sprach sie ihren mütterlichen Segen.

Maaryam bedankte sich, umarmte ihre Mutter heftig und drückte sie so fest, als würde sie sie nie wiedersehen. Eben bestiegen die Wüstensöhne ihre Kamele, die sich unter Geächze und Gestöhne schwankend erhoben. Noah hielt schon die Zügel von Maaryams Schimmel, damit sie aufsteigen konnte. Sie riss sich von ihrer Mutter los und stieg auf ihr Pferd. Abraham half ihr mit ihrem Umhang. Sie nahm seine Hilfe dankbar an, denn sie hatte keine Erfahrung, wie sie mit all dem Stoff, den sie um sich gewunden hatte, reiten sollte. Er bemerkt ihr Zaudern und flüstert. „Stell dir vor, dein Umhang wäre so leicht wie Seide."

Als Maaryam in voller Ausrüstung auf ihrem großen Schimmel saß, warf sie ihrer Mutter einen letzten wehmütigen Blick zu: „Ich komme ja bald wieder ..."

Auf ein stummes Zeichen schritten die ersten Kamele los. Man nannte sie nicht umsonst Wüstenschiffe, denn ihr schwingender Gang erinnerte an Schiffe. Sie wirkten so riesig, dass sich Maaryam auf ihrem doch großen Pferd, klein und unbeholfen vorkam. Neben ihr ritt Abraham zum Schutz und hinter ihnen folgten die restlichen Männer auf ihren Kamelen. Maaryam liebte das Reiten und so hoffte sie auf einen entspannten Ritt. Stetig schritten sie aus dem kleinen Dorf und den klaren Bach entlang. Sie reisten gemütlich, damit sie sich nicht überanstrengte.

„Der Weg wird lang, also versuche, dich zu entspannen.", riet Abraham. „Hier kannst du sein, wer du wirklich bist. Du brauchst dich nicht zu verstecken. Deine Gefühle sind deine Wahrheit. Lass sie also zu. Nur so wird dieser Ritt dich zu deiner Befreiung führen. Wenn du müde wirst, sag es mir. Wir machen dann Rast. Wasser bekommst du jederzeit. Ansonsten machen wir in zwei Stunden außerhalb der Vorstätte eine kurze Rast. Danach reiten wir bis Abend noch rund sechs Stunden weiter." Abraham klopfte seinem Pferd auf die Schulter.

"Glaube mir, deine Seele freut sich über die Freiheit der Wüste. Du reitest nicht nur zu unserer Zeltstadt, nein, es ist auch dein Ritt in ein neues Leben. Ich freue mich sehr und mein Herz ist tief berührt, dass ich dich bei dieser großen Veränderung begleiten darf."

Maaryam blickte Abraham lange in die Augen. Konnte sie sich ihm anvertrauen? Ihre tiefsten Gefühle offenbaren? Immer noch konnte sie den Dämon der Trauer lauern spüren. Er schien nur auf eine günstige Gelegenheit zu warten, um wieder seine Klauen in ihr Herz zu treiben. Es bedurfte ihrer ganzen Willenskraft, es vor seinem Zugriff zu schützen.

Abraham wirkte aufrichtig. Er schien wahrhaftig an ihren Gefühlen und ihrem Wohlergehen interessiert. Sie stieß einen tiefen Seufzer aus, sagte aber nichts.

Ohne Worte ritten sie Seite an Seite dahin. Die Luft war klar, es roch nach Staub, Leder und Tieren. Hinter den Bergen flimmerte die Wüste. Die Kamele schritten majestätisch durch den Sand, die Pferde tänzelten aufgeregt in der Morgensonne. Auch sie konnten es fühlen - ein Abenteuer lag in der Luft. Je länger sie gingen, desto stiller wurde es um sie herum. Niemand sprach mehr. Sie konnte zum ersten Mal seit Wochen wieder für sich sein. Sie atmete tief und achtete auf ihren Atem, um ganz bei sich anzukommen. Sofort mischten sich aufgeregte Gedanken in ihre Ruhe: „Wie es wohl weiter geht? Wird Mutter alles ohne mich schaffen? Und die wichtigste Frage von allen; wieso ich?"

Da bemerkte sie, dass sie ihrem Geist wieder die Zügel frei gegeben hatte und er sie bereits davontrug. Es war doch stets dieselbe Ungewissheit. Und wie jedes Mal konnte sie sie nicht beantworten. Müßig daher, sich damit zu quälen.

Sie erinnerte sich, was ihr Vater immer gesagt hatte: „Wenn du die richtigen Fragen stellst, kommen die richtigen Antworten. Du brauchst nur Geduld."

Ein kleines Licht der Hoffnung

Die Karawane kam ohne Zwischenfälle in ihrem Beduinendorf an. Es war Abend geworden und die Lagerfeuer brannten schon. Maaryam war aus tiefster Seele erschöpft und froh, endlich von ihrem Schimmel abzusteigen. Sie reckte und streckte ihre zarten Gliedmaßen und gähnte ausgiebig. Ihr Körper war nach der ungewohnten Betätigung müde, ihr Geist jedoch unruhig.

Neugierig schaute sie sich um. Um ein großes, matt erleuchtetes Zelt drängten sich viele kleine. Es sah aus wie das Hauptgebäude auf einem Dorfplatz. Die Stimmung war entspannt, sie hörte Lachen und das Murmeln von Stimmen aus Richtung der Lagerfeuer, dazwischen kreischten Kinder, die in der Dämmerung Fangen spielten. Es roch verführerisch nach Essen.

Auch Andora war erschöpft und wieherte sanft, als sie frisches Wasser und Futter roch. Ein aufgeweckter Junge nahm Maaryam die Zügel aus der Hand und führte den Schimmel auf die Koppel, um ihn vom Sattel zu befreien, zu striegeln und seine Hufe zu kontrollieren. Sie seufzte erleichtert und wartete, was passieren würde. Sie hatte das erste Mal seit Wochen richtigen Hunger.

Kurz darauf kam Abraham, um sie zu dem Zelt zu bringen, das für die Zeit ihres Aufenthaltes das ihre sein würde. Er hob die schwere Zeltplane am Eingang beiseite und gab ihr zu verstehen, dass sie eintreten solle. Sie schob sich durch die Außenplane ins Innere und zog erstaunt die Luft ein.

So etwas Wunderschönes hatte sie noch nie gesehen! Das Zelt war geräumig und duftet nach süßem Harz und leckerem Essen. Farbenfrohe Tücher hingen von der Decke herab und bildeten eine zarte Raumaufteilung. In einem Raum luden große runde Sitzpolster zum Meditieren oder Ruhen ein. Dort war ein niedriger Tisch, wo dampfende Schüsseln mit Couscous und Kichererbsen in roter Sauce standen. Maaryam lief das Wasser im Mund zusammen. In einem anderen Abteil befand sich ein Bett an der äußeren Zeltwand. Auf einem Stuhl gleich daneben wartete schon das Bündel mit ihren Habseligkeiten.

Und es gab einen weiteren Raum mit einem Tischchen, wo Schüssel und Krug zum Waschen bereitstanden. Auch ein Handtuch lag bereit. Ihr neues Zuhause überraschte sie. Es war alles für sie vorbereitet. Es schien, dass man sie erwartet hatte. Auf dem Boden lag ein dicker roter Teppich, in dem ihre Füße versanken, als sie die ersten Schritte ins Zelt machte, um sich bei der Wasserschüssel den Staub der Reise abzuwaschen.

Es tat gut, sich mit klarem Wasser zu erfrischen. Maaryam wusch sich gerade den Staub der Reise vom Gesicht, da hörten sie leise Schritte hinter sich. Als sie sich umdrehte, blickte sie in die mandelförmigen Augen einer dunkelhäutigen Frau. Diese lächelte und verneigte sich knapp.

Abraham war still neben dem Zelteingang stehen geblieben, um Maaryam das Ankommen zu erleichtern. Jetzt sagt er: „Das ist Lia, deine Dienerin. Sie wird dir beim An- und Auskleiden und bei all deinen persönlichen Bedürfnissen helfen." Nicht jeder seiner Gäste hatte so viel Komfort. Aber Maaryam war etwas Besonderes und er war der Meinung, dass sie sich gleich an ihren neuen Status gewöhnen sollte. Ihr stand Großes bevor, das nicht leicht werden würde. Und von all dem hatte sie überhaupt keine Ahnung. Trotzdem konnte er sie doch ein bisschen verwöhnen, solange es ging und ihr den Aufenthalt so angenehm wie möglich machen.

Maaryam wusste nicht, dass das für Wochen ihr neues Zuhause sein würde. Sie würde in der Zeit oft hier sitzen, Heilkunst studieren, Gebete lernen und Rituale üben. Und noch öfter würden Tränen der Wut und des Zornes hochkommen. Wenn sie versuchen würde, ihren Geist zu zähmen.

Abraham kannte ihr Temperament und ahnte, was auf sie zukommen würde. Mit einer tiefen Verbeugung verabschiedete er sich: „Erhole dich gut. Morgen beginnt dein erster Unterricht in der Wüste. Sei bereit und leere deinen Geist. Ich ziehe mich nun zurück und überlasse dich der Obhut Lias. Möge der Segen der Wüste und des Gottes, der über allem ist, auf dir ruhen."

Maaryam wollte sich bedanken, doch da schwang die Zeltplane schon hinter ihm zu und er war in der Nachtluft verschwunden. „Er läuft so leise wie der Wind im Wüstensand. Auch Lia glitt eher über den Boden, als dass sie ging. Das wirkte so erhaben. Ob ich auch einmal so achtsam wirken kann?", fuhr ihr durch den Kopf.

Eine sanfte Berührung am Arm brachte sie wieder in den Moment. Lia blickte sie liebevoll an: „Herzlich willkommen in unserer Oase. Ich lebe schon fünfunddreißig Jahre hier und habe drei Kinder. Sie sind schon erwachsen und zwei leben bei ihrem Vater in der Stadt. Ich freue mich, dir dienen zu dürfen. Es wurde uns schon so viel erzählt von dir. Von deinem Vater und von anderen Reisenden." Lia nahm Maaryam den Reiseumhang ab.

„Jetzt bin ich gespannt, ob die Geschichten auch stimmen, die uns die Reisenden gebracht haben. Dein Vater war der größte Schamane unserer Zeit. Sein Tod ist ein schmerzlicher Verlust für uns alle, die wir Schüler sind. Dich jedoch muss es am meisten treffen. Ich war wie viele andere seine größte Anhängerin. So ist es mir eine Ehre, dich durch dein Trauerjahr zu begleiten, wenn du das wünscht. Hiermit will ich dir mein tiefstes Mitgefühl ausdrücken." Sie begann, den Schleier abzuwickeln.

„Ich schenke dir all meine Zeit und meine Hingabe. Wir können gemeinsam lachen und weinen. Ich sorge für dich, wenn du da bist." Schließlich hatte sie Maaryam völlig ausgewickelt und zog traurig die Luft durch die Zähne, als sie das wenige Zentimeter lange Haar sah, das die junge Frau auf dem Kopf trug. Still begann sie, Maaryams Haare zu bürsten, und gab ihr dabei Gelegenheit, sich zu entspannen.

Danach bat Lia sie zum Essen. Sie hockten sich auf die weichen Kissen an dem Tischchen, das bunte Köstlichkeiten bot. Maaryam sah jetzt, dass neben einer Schüssel Couscous mit Gemüse auch Trauben, Datteln, Feigen und Mandeln mit Honig vorbereitet waren. Außerdem standen da ein Krug mit frischem Honigwasser und zwei Becher. „Wir essen zwar einfache Gerichte, doch wir kochen das Beste aus den wenigen Zutaten, die wir haben. Dir soll es an nichts mangeln.", entschuldigte sich Lia und reichte ihrem Gast einen fein gearbeiteten Holzlöffel.

Nach dem üppigen Mahl sank Maaryam auf ihr Bett. Die Worte Lias hatten sie an ihren Dämon erinnert. Ja, sie war in Trauer und der Rest der Welt erwartete von ihr ein Trauerjahr!

Im Moment war sie aber nicht traurig, sondern wütend. Innerlich knurrte sie: „Sogar jetzt muss ich den Erwartungen der anderen gehorchen. Jetzt soll ich so lange trauern, wie die wollen. Dabei möchte ich eigentlich schreien." Sie kniff ihre Lippen zu einem Strich zusammen, damit ihr kein böses Wort auskommen möge. Lia konnte ja wirklich nichts dafür. Nach einem tiefen Atemzug schaffte sie es, sich zu beruhigen. Dann bedankte sie sich höflich bei Lia und bat sie, beim Umkleiden und Waschen zu helfen.

Während sich Maaryam aus ihren Kleidern schälte und den Staub der Reise abwusch, eilten ihre Gedanken wieder hin und her wie die Flöhe auf einem Hund. „So viel Unterstützung und Freundlichkeit von Fremden, na so etwas. Normal wollen doch alle von *uns* etwas. Hilfe bei Krisen, Unfällen oder Tod. Immer sind *wir* die, die geben."

Doch schließlich wurde das Denken für ihren Geist zu anstrengend, die lange Reise forderte ihren Tribut. Sie trank ein paar Schlucke Honigwasser und fiel dann schwer in ihr Bett. Ehe sie die Augen schloss, erinnerte sie sich, was Nada immer gesagt hatte: „Der erste Traum in einer neuen Schlafstatt, der hat Bedeutung." Daher wünschte sie sich, ihrem Vater zu begegnen und schlief ein.

Lia huschte leise im Zelt umher und löschte alle Öllampen bis auf eine. Dann rückte sie die Tücher der Raumaufteiler so, dass Maaryam einen abgetrennten Raum hatte, ehe sie unter die Laken ihres eigenen Bettes glitt.

~*~

Als Maaryam in der Früh aufwachte, war sie sehr überrascht. Die Sonne schien hell, das Zelt war stickig heiß und sie hatte gar nichts geträumt. Sie seufzte. Etwas enttäuscht und dumpf im Kopf ging sie zum Waschtisch, um ihr Morgenritual zu zelebrieren. Danach legte sie ihre einfacheren Kleider an.

„Guten Morgen, Schönheit. Hast du gut geschlafen? Auf jeden Fall hast du es lange getan!", begrüßte Lia sie munter, als sie dann vor das Zelt trat. Die dunkle Frau hockte vor einem Feuer, über dem ein Teekessel hing. Auf heißen Feuersteinen lagen einige Fladenbrote und verströmten herrlichen Duft.

„Guten Morgen! Welche Zeit haben wir denn?", fragte Maaryam und sog die klare Luft der nahen Wüste in sich ein. Der leichte Kopfschmerz verflüchtigte sich außerhalb des Zeltes.

„Die Sonne steht schon fast auf dem Zenit. Ich hatte den Auftrag, dich ausschlafen zu lassen. Du hast so viel durchgemacht und sollst dich erst einmal gut erholen." Lia reicht Maaryam einen dampfenden Becher mit Tee. „Die Köche bereiten bereits das warme Essen vor. Wenn du willst, kannst du dir für den ersten Hunger noch ein Fladenbrot vom Backstein holen. Abraham ist mit den Männern des Rates in einer Besprechung. Er kommt zu dir, sobald er fertig ist."

Maaryam nahm dankend den Becher und nippte vorsichtig am heißen Tee. Er duftete nach frischen Blüten. Sie betrachtete die Umgebung und sah einige Zelte weiter ein paar Kinder mit einem Hund spielen. Wie bei ihr im Dorf war das hier!

„Er meinte, er will danach mit dir in die Wüste reiten.", unterbrach Lia ihre Gedanken und drehte die Fladen auf dem Backstein um. „Der Unterricht soll in der Stille beginnen. Bereite dich also heute auf deine erste Lektion vor."

Als Maaryam sich auf den Sitzhocker setzte, verzog sie das Gesicht. Ihr Hintern hatte sie schmerzhaft daran erinnert, dass sie gestern viele Stunden im Sattel gesessen war. Sie seufzte und widmete sich ihrem Tee. Er schmeckte etwas herb. Und irgendwie kam ihr der blumige Duft mit seinem grünen Geschmack bekannt vor. Richtig gut fand sie den Tee ja nicht. Sie nahm einen weiteren Schluck und kostete bewusst. Nada hatte ihr immer gesagt, dass man Neues dreimal kosten müsse, um sich zu entscheiden, ob man etwas mochte oder nicht. Einige Schlucke später schmeckte ihr der Tee besser. Etwas süß und mit Zimt war er genau richtig. Als Lia ihr ein frisch gebackenes Fladenbrot reichte, lehnte sie es ab. Sie hat nach dem Aufstehen selten Hunger, genoss aber dennoch den Duft des warmen Brotes.

Vorsichtig betrachtete sie erneut die Umgebung auf dem Dorfplatz. Sie wollte nicht aufdringlich sein und in die Privatsphäre der Menschen eindringen. Diese Zeltstadt war einfach gebaut. Alle Zelte waren konzentrisch zum Hauptzelt aufgebaut, das hatte sie gestern schon wahrgenommen. Daneben war ein Platz mit zahlreichen Lagerfeuern, der als Zentrum, Besprechungsplatz und Empfangsraum diente. Hinter dem ersten Kreis kam ein zweiter, etwas größerer und dahinter nahm sie eine Reihe kleinere, aber offene Zelte mit riesigen Kochtöpfen wahr. Dort hantierten einige Frauen eifrig an den Kochfeuern und lachen dabei. Ihre Fröhlichkeit wirkte ansteckend auf Maaryam und sie merkte, wie sich ihr Spirit zu heben begann. Es war so ruhig hier, trotz der Geräusche. Die Energie, die sie hier spürte, schwang gemächlich. Sie glitt wie Samt und zischte nicht so hektisch wie in ihrem eigenen Dorf.

Da berührte jemand leicht ihren Rücken. Erwartungsvoll drehten sie sich um. War das Abraham? Der Junge von gestern stand hinter ihr: „Deinem Pferd geht es sehr gut. Ich habe es heute schon gefüttert und getrunken hat es auch genug. Darf ich es etwas ausreiten? Nur rund um die Oase, damit es sich bewegt. Ist dir das recht?"

„Ja gerne, aber bitte sei vorsichtig, sie ist ein sehr wertvolles Geschenk meiner Mutter.", antwortete Maaryam und das schlechte Gewissen meldete sich. Normalerweise war es ihre Aufgabe, ihr Pferd zu bewegen. Doch übernahm der Junge scheinbar gerne ihre Arbeit. Es fühlt sich gut an, mehr Zeit für sich selbst zu haben. Als ihr das bewusst wurde, fragte sie sich: „Was fange ich denn jetzt mit mir an?"

Freie Zeit für sich selber kannte sie kaum. Es passierte ja ständig irgendetwas und dann musste sie besonnen helfen. Sie war stets auf Abruf gewesen in ihrer Familie. Während sie darüber länger nachdachte, erkannte sie, dass sie ihr eigenes Leben kaum gelebt hatte. Tief in sich keimte Trauer für sich selber auf. Doch ehe sie sich diesem Gefühl stellen konnte, lenkte sie sich unbewusst ab, indem sie ihren Gedanken freien Lauf ließ.

„Seltsam, hier will niemand etwas von mir. Nur hin und wieder ein verstohlener Blick oder ein Lächeln hinter einem Schleier. Doch das stört mich nicht. Irgendwie ist jetzt alles anders. Ich kann das noch gar nicht glauben. Vielleicht ist es doch ganz gut, hier niemanden zu kennen." Sie schmunzelte und genoss ihren aromatischen Tee.

„Es ist gut manchmal etwas ganz Neues auszuprobieren. Und wenn ich auch noch nicht weiß, wohin das alles führen wird, lasse ich es jetzt einmal auf mich zukommen.", dachte sie und begegnete der kleinen Flamme der Angst im Bauch mit ein paar langsamen, tiefen Atemzügen.

Nachdem sie den Tee ausgetrunken hatte, war Abraham noch nicht zurückgekommen. Um die Wartezeit zu überbrücken, beschloss Maaryam, gemütlich durch das Beduinendorf zu schlendern, um es besser kennenzulernen.

Wohin sie kam, nickten die Dorfbewohner ihr freundlich zu, hielten aber respektvoll Abstand. So konnte sie deren bunte Kleider bewundern und die kunstvoll geschlungenen Tücher, die Männer wie Frauen um den Kopf trugen. So manches Augenpaar folgte ihr länger, das spürte sie im Rücken. „Richtig, sie hat die Aura ihres Vaters!", hörte sie einen weißhaarigen Alten hinter sich murmeln.

„Also doch, sie wissen, wer ich bin. Schade, ich hätte nichts dagegen gehabt, länger unerkannt zu bleiben.", dachte sie und flüchtete in ihr Zelt. „Wie soll es mit mir weitergehen? Gibt es denn gar keinen Platz, wo ich in Ruhe leben kann?"

Plötzlich fühlte sie sich wieder hilflos und sehr allein. Der Dämon der Trauer hatte einen günstigen Zeitpunkt gefunden und sich aus dem Hinterhalt auf sie gestürzt. Tränen traten ihr in die Augen und suchten sich ihren Weg über die Wangen. Sie schluchzte.

Plötzlich stand Abraham neben ihr. Lautlos war er ins Zelt geglitten auf seine unnachahmliche Weise, just in dem Moment, wo sie jemanden zum Anlehnen brauchte. Er sah, wie ihr die Tränen über das Gesicht liefen, und reichte ihr sein Taschentuch. Er fühlte, dass sie völlig außer sich war. Tröstend legte er ihr seinen Arm um die Schultern und sprach mit seiner tiefen

Stimme, die ihr drittes Chakra zum Schwingen brachte: „Weine nur. Es gibt im Leben Zeit zu trauern und Zeit zu feiern. Jetzt ist Zeit für dich, deine Trauer zuzulassen. Lass die Tränen fließen, sie sind Diamanten deiner Seele. Sie sprechen die Sprache deiner Seele. Trauer ist nicht lenkbar. Sie ist einmal da und einmal weg. Kaum denkst du, du hättest sie vergessen, schwappt die nächste Welle heran.

Versuche nie, Trauer zu unterdrücken oder Tränen zu kontrollieren. Jeder hier im Dorf weiß, dass du gerade deinen Vater und damit die Liebe deines Lebens verloren hast. Alle fühlen mit dir. Du brauchst deine Gefühle nicht zu verstecken. Ich weiß, das alles ist im Moment gerade etwas viel für dich. Doch du hast hier Zeit und Raum, wieder zu dir zu kommen."

Diese so liebevollen, weise gewählten Worte trafen sie mitten ins Herz und öffneten den Ring aus Eis vollends. Seit sie sich von der Trauer so mitreißen hatte lassen, hatte sie seinen kalten Griff bemerkt. Auch als sie sich mit Hilfe des Heilkrautes aus der Starre hatte befreien können.

Jetzt wo sie ihn endlich schmelzen fühlte, brach der mühsam aufrecht erhaltene Damm aller Konventionen. Sie vergaß die Regeln, die sie gelernt und ihr Leben lang beherzigt hatte. Selbstdisziplin, Beherrschung und Emotionslosigkeit - wozu sollte ihr das jetzt nützen? In diesem Augenblick war ihr egal, was andere dachten. Sie lehnte sich an Abrahams starke Schultern und schluchzte so hemmungslos, dass ihr ganzer Körper bebte. Ihre ganze Verzweiflung schien auf einmal hochzukommen. Die Wellen des Schmerzes türmten sich auf. Ein Sturm im Ozean ihrer Gefühle. Sie schnappte nach Luft, als ihr Herz sich schmerzhaft zusammenzog. Würde es hier und jetzt in tausend Stücke bersten?

Da leuchtete ein kleines Licht der Hoffnung aus der Finsternis ihrer Qual. Sie erinnere sich: Einst hatte sie gelernt, sich dem Ansturm von Emotionen nicht entgegenzustellen, sondern sich mittreiben zu lassen. Sie hörte ihren Vater sagen:

„Gefühle sind wie Wolken. Sie ziehen weiter. Nur wenn du sie an eine Geschichte bindest, dauern sie ewig."

Irgendwann würden sie schwächer und sie konnte aussteigen aus dem Karussell. Als sie sich an diese Lektion längst vergangener Tage erinnerte, klammerte sie sich mit aller Macht daran. Wenn ihr das gelingen würde und sie das schaffen könnte, dann würde sie in der Flut ihrer Gefühle nicht untergehen. Also nahm sie ihren ganzen Mut, ließ sich in die Wellen des Schocks und der Zukunftsangst hineinfallen und spürte, wie die Angst über ihrem Kopf zusammenschlug. Und sie betete inständig, dass die Göttin sie durch diesen wilden Sturm tragen würde. Ihre Stimme formte Laute des Schmerzes, ein Heulen, das tief aus dem Bauch kam und wie das eines verwundeten Tieres klang. Sie hatte zuvor nie solche Geräusche aus sich selber kommen hören. Ihr Körper ließ mit einem Mal alle Spannungen los und sie sank in die Knie. Doch das lockerte die Macht der Angst.

Die festen Arme des weisen, alten Mannes boten ihr Halt in der Hölle des Schmerzes. Auch er hat schon gelitten in seinem Leben und sein Herz fühlte mit ihrem mit. Deswegen blieb er stumm und überließ es ihr, ihren Schmerz und ihre Trauer ausdrücken. Was die Zukunft auch bringen würde, für sie war dieser Moment wichtig. Heilung beginnt immer mit dem Anerkennen der inneren Wahrheit.

Und in dem sie den Schmerz zuließ und sich in die Emotion begab, begann ihr Ganzwerden. Unaufhaltsam arbeitete sie sich durch die Angst hindurch und befreite sich gleichzeitig aus ihr. Sie schob sich buchstäblich durch. Ihre Schreie klangen über die ganze Oase, doch aus Respekt und Achtung wagt niemand, das Zelt zu betreten.

Lia, die gerade hatte hereinkommen wollen, blieb neben dem Eingang stehen, als sie den Trauergesang hörte und trat nicht ein. Nie würde sie diesen heiligen Moment der Heilung stören. Still schickte sie Maaryams Seele bedingungslose Liebe, um ihre Wunden zu heilen. Denn auch Lia war Heilerin. Sie studierte das Wesen der Kräuter der Wüste. Sie liebte alle Pflanzen und besaß ein riesiges Wissen über deren Heilwirkungen und Besonderheiten. Sie hatte die Gabe mit ihnen und Tieren zu sprechen. Schon oft hatte sie so die richtige

Auswahl an Kräutern für Kranke getroffen. Ihre Treffsicherheit wurde von allen geschätzt und geachtet. Sie war es gewesen, die die Vision des Heilkrautes für die Heilung Maaryams empfangen hatte, so dass es Abraham in der Wüste finden konnte.

Lia wusste, wie wichtig diese Zeit für die so junge Frau war. Andere Mädchen in ihrem Alter dachten nur ans Heiraten. Maaryam jedoch würde viel Größeres zu bewältigen haben. Eine Ehe stand im Moment nicht zur Debatte. Die Liebe, die sie in sich trägt, ist nicht für einen einzelnen Mann gedacht.

Doch ehe sie ihre Bestimmung annehmen würde, sollte sie Zeit haben, sich selbst zu finden. Sie musste frei werden von den Wünschen Anderer und danach ihre Berufung hervortreten lassen.

„Die Seelensprache, die sie in sich trägt, wird mehr Menschen helfen, als sie sich vorstellen kann.", flüsterte Lia. Alles würde jetzt Ruhe und Zeit brauchen, um in Ordnung zu kommen. Lia half oft schon alleine durch ihre Anwesenheit. Daher blieb sie einige Momente stehen um zu lauschen und still Energie zu übertragen. Maaryams Schreie hatten nun aufgehört und waren in leises Murmeln übergegangen. Stilvoll verbeugte sich Lia vor der Göttin, um ihren Dank zu bekunden, und zog sich dann zu den Lagerfeuern zurück.

Abraham war nicht umsonst der Anführer des Stammes. Er hatte die himmlische Gabe, immer das Richtige zu sagen oder zu tun. Dieser friedliche Krieger liebte die Philosophie und schlief nachts am liebsten unter freiem Himmel. Er kam nur schwer mit den Stadtmenschen zurecht. Sie waren zu verschlossen und fühlten nicht, was ihre Worte und Taten bei der gesamten Menschheit bewirkten.

Meist wurde er gerufen, um Frieden zu stiften. Diese endlosen Verhandlungen zu leiten, kostete ihn viel Anstrengung. Ständig ruhig zu bleiben, war nicht einfach, besonders wenn hitzige Männer mit dem Kopf durch die Wand wollten. Jeder einzelne von ihnen glaubte im Recht zu sein und wollte Abraham an seiner Seite wissen.

In stillen Momenten haderte er daher mit seiner Position des ewigen Richters. Er verstand in den Tiefen seines Herzens nicht, wieso die Menschen aufgehört hatten, über die Folgen ihrer Taten nachzudenken. Er sah die erkalteten Seelen in ihren Augen. Sie waren in ihrer Entwicklung verkümmert und pochten oft auf ihr Recht, wo es keines gab. Manchmal schien es ihm, als wäre das alles für einen einzelnen Mann unmöglich zu erfüllen. Ach, wie gerne ritt er dann in die Stille der Wüste zu seinem Stamm, wo die Verbundenheit mit der Göttin gelebt wurde und die Menschen Innenschau hielten, um Weisheit zu erfahren.

Als er diese junge Seele in seinen Armen hielt, fühlte er sich begnadet. Er wusste durch Issah, dass er eines Tages die schwere Aufgabe zu erfüllen haben würde, Maaryam zu trösten und anzuleiten. Jetzt, da es so weit war, konnte er sein Glück kaum fassen. Er hoffte inständig, sein alter Freund möge ihn inspirieren und bat geistig um Beistand. Für ihn war es zusätzlich ungewohnt, weibliche Schüler zu unterrichten. Mit Jungen hat er Erfahrung, mit Schülerinnen kaum. Selten durfte sich eine Frau der Heilkunde verschreiben, meist mussten sie in ihrer Familie helfen, bis sie heirateten und dann war es zu spät. Er wusste, dass weibliche Wesen völlig anders waren und so versuchte er redlich, das ihm fremde Denken und Fühlen zu erfassen.

Der einzige Weg, unterschiedliche Denkweisen zu verstehen, ist, sein Herz zu öffnen.

Also öffnet Abraham während jedem ihrer Gespräche sein Herz für Maaryam und fühlte, was sie aussandte. Die Schwingungen, die er so wahrnahm, verstand er intuitiv und so gelang es ihm, sich auf dieses freie Wesen einzustimmen. Und obwohl er sie kaum kannte, war er jetzt schon so beeindruckt von ihrer Stärke. Etwas in seinem Herzen sagte ihm, dass es eine äußerst erfüllende Zeit für sie beide werden würde. Und daher nahm er genau in dem Augenblick, wo sie ihm ihren größten Schmerz offenbarte, sie als Tochter seiner Seele an. Der Bund war geschlossen. Sie vertraute ihm, und das war das Wichtigste.

Nachdem sich Maaryam beruhigt und ihr Gesicht gewaschen hatte, saßen sie lange beisammen, tranken wohlschmeckenden Tee und plaudern. Die junge Frau erzählte ihm völlig andere Geschichten von ihrem Vater. Begebenheiten, von denen er noch nie gehört hatte. Von Issah, dem Menschen, von dem besonderen Leuchten in seinen Augen, von seiner Klarheit, von seiner Energie, die scheinbar nie enden wollte, wenn ihn jemand zu Hilfe rief und von vielen glücklichen Stunden unter ihrem Olivenbaum.

Den Unterricht hatte er auf morgen verschoben. Wichtiger waren das Vertrauen und die ehrliche Offenheit zwischen Lehrer und Schülerin. Genau das geschah heute. Es war, wie er es versprochen hatte: Ob du lachst oder weinst, ich bin immer für dich da.

Im Zustand des Seins

Am nächsten Morgen wachte Maaryam zeitlich auf. Sie fühlte sich viel besser und klarer im Kopf. Nachdem sie sich den ganzen Körper mit kaltem Wasser gewaschen und ihr Morgenritual gemacht hatte, genoss sie das Gefühl, wieder lebendig zu sein.

Lia reichte ihr einen Becher mit köstlichem Tee, und dann saßen sie Seite an Seite vor dem Zelt, um der Sonne zuzuschauen, wie sie über den Dünen aufging. Der Sonnenaufgang in der Wüste ist ein ganz besonderes Schauspiel. Das Licht kriecht erst zögernd zwischen den sandigen Hügeln hervor und schiebt ein Glitzern abertausender Sandkörner vor sich her. Am Beginn langsam und majestätisch, dann immer schneller erobern Strahlkraft und Wärme der Sonne die Dunkelheit der Wüste. Und genau das war es, was Maaryam so dringend brauchte. Also schloss sie ihre Augen und nahm Kontakt mit dieser Energie auf.

Lia sah, wie Maaryam mit der Sonne kommunizierte. Sie stand daher leise auf, um die ersten Fladenbrote zuzubereiten. Dazu ging sie einige Schritte zum Vorratszelt, wo der Teig über Nacht ruhte, und beschäftigte sich dort länger. Sie wollte der jungen Frau Zeit und Raum geben, um zu meditieren.

Die Sonnenstrahlen erreichen Maaryams Gesicht und sie versank innerlich in der roten Wärme, die ihr ein Gefühl der Sicherheit gab. Sie begann tief zu atmen und die Energie des frühen Morgens in sich aufzunehmen. Ruhe und Geborgenheit breiteten sich in ihr aus. Sie lächelte strahlend und aus ihren geschlossenen Augen rannen Tränen der Rührung über die zauberhafte Stimmung.

Und sie erinnerte sich:

Gehe in die Stille und atme das Licht.
Sei das Licht und umhülle dich ganz und gar.
Du bist nichts als Licht und kannst nie etwas anders sein.
Alles andere ist Illusion.

Ihre Wirbelsäule richtete sich auf, ihre Körperhaltung wurde kerzengerade. Sie rief sich innerlich genau auf diesen Platz. Und all die Anteile ihrer Seele, die so oft zerstreut und verwirrt waren, befahl sie jetzt hierher. Und dann vermehrte sie mit jedem Atemzug die Energie in sich.

Sie wusste, dass diese Vorbereitung für jede Seelenarbeit wichtig war und dass sie dazu Zeit und Ruhe brauchte. Die frühe Stunde kam ihr daher recht, so konnte sie in Stille meditieren.

Stumm flüsterte sie die Worte der Anrufung des Schutzes der *Großen Göttin*[1] für sie und ihr Umfeld. Sie bat um göttliches Licht, Schutzenergie und Kraft. Alle Wesen, die nicht in dieser Energie schwangen, mussten weichen.

Ihre Atmung wurde tiefer. Die Zeit verlor ihre Gültigkeit. Ein Gefühl der Zeitlosigkeit stellte sich ein: das der Ewigkeit. Sie liebte diesen Seinszustand, wenn nichts mehr wichtig war, nur die Leere.

Diesmal brauchte sie einiges an Geduld, um ihre aufsteigenden Emotionen zu befrieden. Noch zu frisch schienen die Wunden der letzten Tage zu sein. Sie ließ den plappernden und murrenden Dämon der Trauer hinter sich. Auch ihren wirren Geist, der versuchte, sie mit Gedanken da und dort fortzulocken. Sie übte sich in Geduld.

Sie wusste, Ausdauer ist ein Ausdruck der Selbstliebe und insbesondere dann, wenn nichts mehr geht, sollte sie besonders nachsichtig und liebevoll mit sich selber umgehen.

Ihr Atem wurde ruhiger und sie legte jegliche Erwartung an ein Ergebnis ihrer Meditation ab. Es gab kein Ziel, das es zu erreichen galt. Langsam verließen sie alle Gedanken und die unendliche Leere stellte sich ein. Was für ein himmlischer Moment.

Endlich fühlte sie wieder diese Leere im Kopf. Kein Geplapper oder Gejammer. Diesen Zustand hatte sie lange vermisst.

---

[1]   Anrufung aus „The Next Level of Meditation" – 2. Teil Aurareinigung

Jetzt fielen alle übrigen Erwartungen von ihr ab, und das lockerte die Muskeln. Der Körper reagierte immer mit Verspannung, wenn es ihm zu viel wurde. Und sie hatte gar nicht bemerkt, wie verspannt sie gewesen war. Jetzt erst war es ihr möglich, in sich hinein zu horchen. „Wie fühle ich mich heute?"

Sie wanderte langsam und mit Aufmerksamkeit durch ihr Inneres. So lösten sich Schritt für Schritt alle Blockaden, die sich in den letzten Wochen angesammelt hatten. Das war die Tiefenentspannung, die sie oft mit ihrem Vater geübt hatte.

Mit einem Mal fühlte es sich an, als wäre er bei ihr. Plötzlich erschien ihr ein Bild aus alten Tagen vor ihrem inneren Auge. Sie sah sich unter ihrem geliebten Olivenbaum sitzen. Der Wind blies sanft die Hitze weg, und die Oliven reiften still am Baum heran. Ihr Herz hüpfte vor Freude. Endlich hatte sie es geschafft, geistig ein Bild zu erschaffen. Eines aus glücklichen Tagen. Mit diesem entstand ihr neuer Kraftplatz. Die Liebe in ihrer Erinnerung wurde wieder real. Sie versank noch tiefer in ihre Meditation.

Nun befand sie sich im Zustand des Seins. Ein eigenartiges Gefühl, vollkommen im Moment - hier und jetzt. Gleichzeitig stärkte der Baum ihrer Heimat ihre Seele. Sie stellte ihre Antennen auf Empfang, spitzte ihre inneren Ohren. Sie wusste, dass sie ihren Vater heute nicht rufen durfte. Die 70 Tage der vollständigen Loslösung von seinem Körper waren noch nicht vorbei. Kein Angehöriger sollte in dieser Zeit seine Seele zurück beten. Eine Anrufung zum jetzigen Zeitpunkt wäre gegen alle kosmischen Gesetze, und das wollte sie ihm trotz aller Sehnsucht nicht antun. So schwieg sie. Stattdessen bat sie ihren Seelenwächter, in Erscheinung zu treten. Der war immer und für jeden einsatzbereit. Pures Sternenlicht durchflutet sie, als er seine Präsenz formte.

„Liebe Sternenschwester, wobei darf ich dir weiterhelfen?", erklangen die Worte des Wächters ohne Stimme in ihrem Kopf. Und Maaryam antwortet auf die gleiche Weise, sie formte ihre Worte mit Gedankenenergie: „Ich trauere sehr um den Tod meines Vaters. Ich weiß, dass ich ihn jetzt nicht rufen darf. Ich muss ihn gehen lassen. Bitte gib mir die Kraft und den Mut, diese Zeit gut zu überstehen." Sie machte eine Pause, die sich scheinbar endlos ausdehnte.

„Ich weiß nicht, was die Menschen von mir erwarten. Daher will ich manchmal einfach nur flüchten. Hast du Hilfe für mich? Ich bin so allein."

„Liebe Sternenschwester, deine Traurigkeit ist völlig normal. Dein Körper, der dein Ego beheimatet, trauert. Du bist nicht nur Wissende, du bist auch Mensch und Tochter.

Als Mensch und Tochter hast du alle Rechte, die Phasen der Trauer zu durchleben. Das Ego gehört zum Leben. Und es trauert um sich selbst und um seine eigene Vergänglichkeit.

Je tiefer du dich mit deiner Seele verbindest, desto klarer wirst du sehen. Du wirst dich daher schneller fangen als du denkst. Weil du so bist, wie du bist. Wenn du in Kontakt mit deiner Seele bist, erkennst du, dass Trauer die Seelenebene nicht betrifft. Der Tod beendet nur die körperliche Phase - auch die zwischen euch. Er wird ewig Energie von deiner Energie sein. Seine Seelensignatur ist auch deine Seelensignatur. So seid ihr in Ewigkeit verbunden. So wie alles mit allem verbunden ist.

Du hast die Aufgabe, die spirituelle Verbindung zu Issah herzustellen. Er wird als geistiger Ratgeber immer an deiner Seite sein. Durch eure Seelensignatur hast du die direkte Verbindung im energetischen Kanal. Nicht jeder Mensch darf und kann das von sich behaupten." Die Energie flackerte und wurde dünner. Maaryam fürchtete schon, der Wächter der Seele würde sich verabschieden. Nach endloser Zeit, die keine war, verdichtete sich seine Präsenz wieder.

„Du selber kämpfst immer noch gegen deine Bestimmung.", formten sich die nächsten Worte.

„Doch jetzt ist es für mehr Informationen noch zu früh. Ich gebe dir aber folgendes mit auf deinen Weg: Sei offen und bereit für dein weiteres Leben. Du bist eine von wenigen, die aus der direkten Linie von Issah geboren wurde. Seine Signatur ist in dir, du kannst sie verleugnen, doch sie wird dich niemals verlassen und stets darauf brennen, ans Licht gebracht zu werden. Denke daran, du bist gekommen, um Wichtiges für die

Menschheit zu tun. Dein Auftrag fängt gerade erst an. Bleib im Vertrauen und die Seelenenergie deines Vaters wird kommen und dich unterrichten. Bis dahin ist Abraham dein Lehrer und Vertrauter. Akzeptiere ihn, dein Vater kannte und vertraute ihm Jahrzehnte. Niemals würde er etwas tun, was dir schadet."

Maaryam lauschte seinen eindrücklichen Worten. Vieles von dem, was er gesagt hatte, fühlte sich so vertraut an, als hätte sie es schon die ganze Zeit im Herzen getragen. Trotzdem gab es da noch immer einen Anteil ihrer selbst, der sich dem allem widersetzte. Dieser wollte frei sein und hatte die kindliche Vorstellung, dass das behütete Leben im Hause ihrer Eltern ewig weitergehen solle. Das Schlimme daran war, dass dieser mächtige Teil Tag um Tag mehr Einfluss nahm.

„Freiheit!", flüsterte er in ihrem Kopf und dieses Wort formt sich als ein neues Ziel für sie. Und schon überlegte sie, ihr Leben nach seinem Willen auszurichten: „Wie kann ich frei sein und trotzdem den Seelenauftrag erfüllen? Und überhaupt, wie soll ich je alle Erwartungen, die an mich gestellt werden, erfüllen?", versuchte sie prompt logische Erklärungen zu finden, warum sie ihre Berufung nicht leben konnte. Und sie nahm diese Fragen als Samen des Zweifels mit sich in ihr Alltagsbewusstsein. Sie atmete wieder schneller und tauchte langsam aus ihrer Meditation auf. Es hatte gutgetan, den Wächter ihrer Seele zu spüren. Er kam immer auf allen Sinneskanälen und stärkte ihre Seelenebene. Dabei war er wertfrei und ohne jeglichen Vorwurf, seine Erklärungen gaben ihr Mut und Kraft.

„Freiheit ...!", hörte sie das Echo aus der Meditation. Sofort war dieser Gedanke das Wichtigste. „Die soll nun vorbei sein? Nein, um nichts in der Welt lasse ich mir meine Freiheit nehmen. Das verspreche ich mir! Hier und jetzt und für immer.", fügte sie trotzig hinzu.

„Irgendwie muss beides vereinbar sein, ich weiß allerdings noch nicht wie." Maaryam war fest entschlossen, sich nicht in einen ihr vorbestimmt Weg zwängen zu lassen. Sie kannte das Leben der Heiler von ihren Eltern. Die hatten kaum Zeit für sich gehabt und immer nur für andere gelebt. Sie würde sich dem sicherlich nicht beugen!

Das Salz der Tränen

Und tatsächlich schien der Wunsch nach Freiheit in den Tagen darauf in Erfüllung zu gehen, denn Maaryam genoss wahrlich ungewöhnlich viel Freiraum. Sie konnte tun und lassen, was sie wollte. So schlenderte sie durch den Palmenhain und saß Stunden am kleinen Fluss, der sich von den nahen Bergen kommend durch die Oase wand.

Ohne dass sie es bemerkte, beobachtet Abraham sie bei jedem ihrer Schritte, denn er wollte sie genau kennen lernen. Damit er ihr ein guter Lehrer sein konnte, sollte er sie richtig einschätzen können. Er musste wissen, was sie liebte und hasste, wann sie glücklich war und wann nicht. Er dachte, dass es nur Zeit bräuchte, um ihre Seele zu klären und ihre Gedanken auf das Wesentliche zu konzentrieren.

Denn leider hatte sich Maaryam nach ihrem Ausbruch wieder von ihm entfernt, wie wenn sie es bereuen würde, sich so gehen gelassen zu haben. Sie wollte nicht mehr mit ihm sprechen, wich ihm aus und zog sich am Abend zurück. Abraham spürte ihre Widerstände und respektierte sie. Es gab ja keinen wirklichen Grund zur Eile. Und der Unterricht konnte nur fruchten, wenn sie bereit war, ihn als Lehrer anzuerkennen und ihm hundertprozentig vertraute.

„Die Wüste und die Zeit arbeiten für die Bestimmung.", besagt ein alter Spruch der Beduinen und der hatte sich für Abraham noch immer bestätigt.

Also beobachtete er sie und merkte, dass sie täglich lebendiger wurde. Freudig erkannte er diese positiven Veränderungen. Er freute sich für sie, als er bemerkte, dass sie wieder mehr aß. Die klare Luft und die Reinheit der Energie der Wüste beschleunigten ihren Heilungsprozess.

Tagsüber widmete sich Abraham den Anliegen seiner Gemeinschaft, in die er seine neue Tochter absichtlich nicht einbezog, um ihr den Freiraum zu geben, den sie für ihre Trauerphase brauchte. Doch wenn er an den abendlichen Feuern saß, sandte er ihr geistig die Bereitschaft, dass sie jederzeit gerne gesehen wäre. Der erste Schritt zu einem Gespräch würde von ihr kommen müssen.

~*~

Für den Moment hatte sich die junge Frau ihrer Dienerin Lia angeschlossen. Ihr fehlte zwar der Vater, aber auch ein Mutterersatz war nicht schlecht. Inzwischen sah sie Lia schon wie eine Freundin, und diese wusste mit weiblichem Geschick, Maaryams Trauerphase zu begleiten. So erzählte sie von ihrem Leben, ihren Kindern und der Ehe. Sie und ihr Mann sahen sich selten, denn sie hatten sich in Respekt getrennt. Das war nach den Gesetzen der Beduinen möglich.

Für Maaryam war alles völlig neu und so ließ sie sich bereitwillig von ihrer Freundin von ihrem Schmerz ablenken. Lias Bestimmung war es auch, Heilerin zu sein. Sie hatte sich aber entschieden, hier bei ihrem Wüstenvolk zu bleiben und zu wirken. Deswegen hatte sie nie wieder geheiratet und bereute das nicht.

Die Entscheidung war ihr nicht schwergefallen, denn ein Leben lang Ehefrau und Mutter zu sein, erfüllte ihr Herz nicht. Sobald ihre Kinder selbstständig genug gewesen waren, hatte sie begonnen ihre Leidenschaft der Pflanzenkunde weiter zu entwickeln. Die Tochter wohnte hier bei ihr im Beduinendorf. Die anderen beiden Kinder waren Söhne, die fleißig in der Stadt mit Holz handelten. Lia war froh, dass sie nun wieder ihrer Berufung folgen konnte.

Maaryam konnte von den Geschichten der älteren Frau gar nicht genug bekommen. Ihre Stimme war so voller Güte und Weichheit. Kaum zu glauben, dass sie schon so viel erlebt hatte und wirklich zufrieden war.

Es schien ihr so, als hätte Lia das Geheimnis zum Glücklich sein gefunden. Daher versuchte sie, sich enger an die Freundin anzuschließen, um mehr von deren Lebensweisheit erfahren. Doch Lia wusste, Abraham wartete darauf, dass die junge Frau Vertrauen zu ihm fasste und das würde sie nicht tun, wenn sie dem Heiler aus dem Weg ging. Daher schob Lia unter Tags diverse Aufgaben vor, wo Maaryam nicht mitkommen konnte und hoffte, dass die Wüste und die Zeit an der Bestimmung arbeiten würden. Einzig die Abende blieben, wo die beiden Muße hatten, sich in ihr gemütliches Zelt zurückzuziehen und ihren Frauengesprächen nachzugehen.

~*~

So vergingen die Tage und bald waren es zwei Wochen, seit Maaryam ins Dorf der Beduinen gekommen war. Eines frühen Abends saß sie wieder unter dem Schatten der Palmen, wo das Sonnenlicht durch die Blätter fiel und Lichtsprenkel auf ihrem Körper zauberte. Trotz der Hitze war ihr innerlich immer noch kalt. Das Band aus Eis, das sich rund um ihr Herz gelegt hatte, war nicht zur Gänze geschmolzen. Und obwohl sie kein Zauberkraut mehr brauchte, völlig genesen war sie nicht.

Ihr kam es vor, dass ihre Lebensflamme immer noch zeitweise flackerte. Der Tod ihres Vaters hatte sie fast ausge-blasen und sie selber hatte das Flämmchen mit Willenskraft völlig zum Erlöschen bringen wollen. Sie redete zwar nicht darüber, doch ihre Augen sprachen Bände. Sie lagen tief in den Höhlen und glänzten nur matt. Sie vermisste ihren Vater täglich. Kaum ein Abend verging, an dem sie nicht mit seinem Bild in ihrem Kopf einschlief.

Als sie so auf den Fluss schaute, in den die Sonne langsam hinein glitt und ihn dabei orangen färbte, fiel es ihr ein - die 70 Tage mussten doch schon vorbei sein? Sie begann, die Wochen an ihren Fingern abzuzählen. Ja, gestern waren es 70 Sonnenaufgänge genau gewesen. Wieso sprach dann ihr Vater nicht zu ihr? Warum wartete er noch damit? War das alles gar nicht wahr und er für immer verloren?

Jetzt hatte sie sich so lange geduldet und nun, wo die Zeit um war und er sich hätte melden können, tat er es nicht? Und wenn das alles nur ein einziger Schwindel war, den ihr Abraham und die anderen einreden wollten?

Sie seufzte und lauschte in die beginnende Dunkelheit. Im Dorf waren schon die ersten Feuer angezündet worden und die

Menschen begannen, ihr Leben zurückzuerobern, das sie wegen der Hitze des Tages auf das Notwendigste reduziert hatten. Nichts, weder die Stimme ihres Vaters, noch ein Anzeichen in den Palmen. Und Lüftchen regte sich auch keines. Sie stand auf und klopfte den Staub von ihrem Kleid. Mit müden Schritten schlich sie in ihr Zelt und hoffte, dass es ihre Lia verzeihen würde, wenn sie heute einmal nicht mit ihr plauderte. Sie streifte sich ihre Kleidung ab, ließ das Kleid und das meterlange Tuch für den Turban achtlos auf dem Boden liegen und verkroch sich zwischen den Laken. Heiße Tränen strömten ihr über das Gesicht und sickerten in ihr Kissen.

„Wieso nur bist du schon zu den Ahnen gegangen? Wieso nur bist du nicht bei mir? Ich bin noch viel zu jung, um deine Arbeit zu tun. Alle wollen von mir, dass ich dein Lebenswerk vollende und ich weiß doch gar nicht, wie das geht. Ich will doch nur frei sein und leben. Wieso sprichst du nicht mit mir?

Ist das immer noch zu früh? Habe ich mich verrechnet? Sind die 70 Tage noch nicht um?" Fast wurde sie wütend auf ihren Vater. Sie schniefte und wischte sich die Nase mit dem Arm ab. „Bitte gib mir ein Zeichen, wenn du soweit bist. Ich weiß, deine Seele hat ein Recht auf Ruhe und Fokussierung, aber die 70 Tage waren gestern um! Wenn es also für dich möglich ist, melde dich bitte bei mir."

Ihr Polster war getränkt von ihren Tränen und ihre Wangen spannten vom Salz, als sie endlich völlig ermattet vom Schlaf übermannt wurde.

Ihre letzten Gedanken waren: „Werde ich je wieder lachen können? Große Göttin hast du mich vergessen?"

Unter dem Olivenbaum

Ein paar Tage später saß Maaryam an der einsamen Stelle am Ufer des Flusses, wo das Wasser einen kleinen Stau bildete, und versteckte sich vor Abraham. Ihre Füße baumelten im kühlen Nass, und sie war wieder einmal nicht im Hier und Jetzt. Seit dem Tod ihres Vaters waren mehr als 80 Tage vergangen. Ihre Gedanken drehten sich im Kreis und machten sie traurig: „Mein Vater, der größte Heiler aller Zeiten ist tot, wie soll es jetzt weiter gehen? Wenn er sich nicht meldet? Vielleicht ist das nur ein großer Schwindel. Wie schaffe ich es, ohne ihn weiterzuleben? Wie soll ich Heilerin werden und trotzdem meine Freiheit leben? Und falls mir das gelingen würde, könnte ich je so gut werden wie er?"

Sie schaute über den Fluss auf das gegenüberliegende Ufer, wo zwei Schlangen ins kühle Nass glitten. „Sogar die sind zu zweit! Ich bin hier ganz alleine. Ist das Heilen überhaupt meine Aufgabe oder doch etwas ganz Anderes? Wie soll ich das je herausfinden?" Sie nahm einen Stein und ließ ihn über das Wasser tanzen. Er versank mit einem Plumps und zog Kreise. Sie beobachtete, wie sie sich vergrößerten und verebbten.

„Er sagte, dass die, die kommen werden, besser sein würden, als er es je gewesen war. Wie soll das gehen? Er war doch der größte Heiler überhaupt! Wir sollen nun sein Erbe weitertragen? Ich? Wie soll ich das tun? Niemand kann das tun, was er getan hat. Niemand kann ihm das Wasser reichen!"

Maaryam schüttelte den Kopf und tauchte ihre Hand ins kühle Nass. Sie schöpfte etwas Wasser aus dem Fluss und trank einen Schluck.

„Was soll ich denn als jüngste Tochter mit so einem riesigen Erbe anfangen?"

Sie spürte im Moment endlose Leere. Also legte sie sich unter die Palmen auf eine Stelle, wo der Sand weich wie ein Bettlaken war, und schaute in das dichte Blätterdach, das hie und da Sonnenstrahlen durch ließ, die sie im Gesicht kitzelten. Schließlich schlief sie vor Erschöpfung ein. Und da war ihr, als hätte ihr jemand ins Ohr geflüstert: „Du stellst zu viele Fragen.

Die sind jetzt noch nicht zu beantworten." Ein klarer Traum erfüllte ihren Geist. Ein pures Lichtwesen erschien vor ihr und sie rief: „Kannst du meinen Vater nicht fragen, wie ich sein Leben weiterleben soll?" Da flüstert es ihr ins Ohr: „Frag ihn doch einfach selber. Setz dich mit Issah unter euren Olivenbaum und lausche, was er dir sagen will!"

So schnell der Engel in ihrem Traum erschienen war, so verschwand er auch wieder und Maaryam wachte auf. Ja, das war eine gute Idee! „Warum bin ich da nicht schon früher darauf gekommen?", fragte sie sich. Sie spürte einen Funken Hoffnung aufsteigen und setzte sich sofort aufrecht in ihre perfekte Meditationshaltung. So hatte Vater ihr das jahrelang beigebracht. Drei tiefe Atemzüge und ihr Körper ließ ihre Gedanken los. Gut, dass sie das so oft geübt hatte. Sie freute sich über ihre Fähigkeit und die innere Klarheit, die sich sofort einstellte. Genau die konnte sie jetzt gut brauchen, um die Visualisierung zu machen. Sie holte sich ihren Kraftplatz vor ihr geistiges Auge und folgte ihren inneren Bildern. Der Olivenbaum hinter ihrem Haus in der Heimat war auf ewig in ihrem Herzen eingebrannt und daher leicht zu visualisieren.

Maaryam sah sich dort allein auf ihrer Matte sitzen. Die Stimmung war freudig, sie konnte sogar die Flügelschläge der Vögel hören. „Ich liebe diesen Platz und diese Liebe bringt mich wieder zu mir in mein Herz.", dachte sie. Genüsslich zog sie bei jedem Atemzug die unbeschwerte Freiheit der Vergangenheit in ihren Körper und entspannte sich immer mehr.

Plötzlich kam vor ihrem inneren Auge der Schatten eines Mannes ins Bild. Die Konturen waren so vertraut, eine wohlige Gänsehaut überlief ihren ganzen Körper. Unwillkürlich hielt sie den Atem an. Kein Blättchen regte sich.

Langsam, um nicht doch enttäuscht zu werden, hob sie ihren inneren Blick, bis sie in die liebevollsten Augen blickte, die das Universum je hervorgebracht hatte. „Vater …!"

Tränen liefen ihr über das Gesicht. „Vater … du bist es … Ich kann es kaum glauben, du bist meinem Ruf gefolgt. Endlich! Vater! Du bist es …", stammelte sie.

Und ihre inneren Ohren lauschten verzückt, wie die Vision Issahs Worte formten, die in ihrem gebrochenen Herzen wieder Schwingung erzeugten. „Maaryam, meine liebe Tochter. Ich bin so glücklich, dass du den geistigen Weg zu mir gefunden hast. Ich bin in einer Welt der umarmenden Liebe. Mir geht es gut, und ich ruhe im Tempel der Heilung. Wie geht es dir, meine liebe Tochter in Ewigkeit?"

Sie konnte kaum ein Wort über ihre Lippen bringen. „Vater, du hast mich verlassen und doch bist du jetzt wieder da. Verlasse mich nie wieder. Ich habe dich so sehr vermisst, dass ich keinen Grund mehr zum Lachen gefunden habe. Ich bin verloren ohne dich."

„Mein Kind, sag so etwas nicht, ich bin immer in dir. Hast du schon nach so kurzer Zeit meine Worte vergessen? Ich bin immer in dir. Ich musste mich aus dem irdischen Leben zurückziehen, mein Körper war verbraucht. Dennoch haben wir nun unseren gemeinsamen Platz gefunden. Du wirst lange leben und Großartiges hervorbringen. Dein Wirken wird über viele Grenzen hinaus bekannt werden. Du hast noch viel vor und du wirst lieben, wie du noch nie geliebt hast. Du wirst lachen, wie du noch nie gelacht hast und deine Lebendigkeit wird vielen Menschen als Vorbild dienen, um die harten Zeiten auf Erden zu überstehen."

Sie blickte ihn ungläubig an, doch irgendwas in ihrem Herzen hatte sich verändert. Ihr Innerstes fühlte sich leichter an mit jedem Wort, das er sprach, und sie konnte wieder tief atmen. Das erste Mal seit seinem Todestag. Es war, als hätte seine Botschaft ihre Seele vom Kummer der Trennung befreit. Natürlich war das eine seiner Gaben, er konnte durch Worte Energien übertragen, das wusste sie. Das hatte er schon zu Lebzeiten gemacht. Die Menschen ahnten nicht, was er da machte, aber nach dem Gespräch mit ihm waren sie glücklicher, zufriedener und manchmal auch geheilt. Das war einer der Gründe, warum Issah so beliebt gewesen war. Nun spürte Maaryam diese Heilkraft erneut am eigenen Leib. Oh, wie hatte ihr diese Energie gefehlt. Ihr Vater heilte durch die Wahl der richtigen Worte.

„Ich habe deine Kraft so vermisst.", rief sie. „Deine Liebe beruhigt mich und trocknet die Tränen in meinem Herzen. Kannst du nicht wieder zu mir kommen? Als Mensch, meine ich? Wieder auferstehen? Ich bin so alleine."

„Mein Kind, du weißt, dass ich das nicht kann. Doch nur ein Wort von dir oder ein Gedanke - und ich bin in dir! Wir wirken gemeinsam weiter. Meine Worte werden durch dich in die Welt getragen. Nun wirst du den Menschen Frieden, Trost und Gottesglauben näherbringen. Deine Aufgabe soll jetzt besonders den Frauen gelten. Denn Frauenthemen brauchen Frauen, um zu heilen. Ihre Themen würden sie nie mit Männern besprechen. So ist es nun deine Aufgabe, besonders den Frauen einen Platz zu geben. Ihr Leid ist groß in der Welt der Männer. Doch ihre Macht ist die Verbundenheit mit der Großen Göttin. Diese Verbindung ist unumstößlich und kann durch keine irdische Kraft vernichtet werden. Viele Herrscher beneiden euch Frauen für diese Verbindung. Leider möchten viele Männer diese Verbindung und damit die Macht der Großen Göttin für ihre Belange und gegen das Leben nutzen. Sie manipulieren und lügen und versuchen durch die Unterdrückung von Frauen zu dieser Macht zu gelangen. Diese Illusion wird euch Frauen noch viele tausend Jahre peinigen.

Doch du kannst weise Frauen und Männer daran erinnern, dass es hier nicht um Macht geht, sondern um Liebe. Immer und überall. Ich werde dich anleiten, dir die Wege zeigen, die du gehen kannst. Allerdings musst du das wollen. Aus ganzem Herzen wünschen. Allein deine Entscheidung, die du aus tiefstem Herzen aussprichst, macht die Umsetzung möglich."

Er schwieg eine Weile, um Maaryam Raum zu geben, das Gehörte zu verarbeiten. Nach einer Zeit, die keine war, fragte er: „Willst du deinen Heilauftrag annehmen?"

Maaryam staunte über die Klarheit und Dringlichkeit seiner Worte. Doch so war er immer schon gewesen, eindeutig und voller Wirkkraft. Wie konnte sie das nur vergessen haben?

„Wenn ich nur wüsste, wie ich das umsetzen soll? Was für eine große Aufgabe!", sie erbebte innerlich vor diesem Auftrag.

Doch jetzt, im Gespräch mit ihrem Vater schien das alles eine reale und greifbare Zukunftsvision zu sein. Der Teil in ihr, der vor einigen Stunden noch gestreikt und auf seine Freiheit gepocht hatte, schwieg. Daher antwortete sie schon zuversichtlicher:

„Ja, ich liebe die Frauen und ihre kreativen Möglichkeiten. Ich weiß jedoch noch nicht genug über ihre Probleme und welche Lösungen ich ihnen bieten könnte. Aber ich will meinen Auftrag gerne annehmen, mit der Hilfe der Göttin werde ich den Weg finden."

„Das ist meine Tochter. Sei gesegnet. Ich sehe dich.", antwortete Issah zufrieden und seine Konturen begannen sich aufzulösen.

Ohne nachzudenken, reagierte Maaryams Seele: „Ich sehe dich." Und dann schaute sie seiner Energie zu, wie sie sich im aufkommenden Lüftchen auflöste. So plötzlich, wie er gekommen war, war er wieder verschwunden.

Völlig erschlagen von dem Inhalt des Gespräches holte Maaryam sich aus der Visualisierung zurück ans Ufer des Flusses. Die Stille war immer noch nährend. Alles war wie vorher und dennoch nicht mehr gleich. Sie hatte aufgehört zu weinen. Ihr Herz fühlte sich leichter an, wenn auch nicht völlig befreit vom Schmerz der letzten Zeit. Und da war mit einem Mal eine neue Kraft in ihr. Sie hatte einen Auftrag.

Frauen helfen und unterstützen, wie sollte das gehen? Nein, er hatte „heilen" gesagt. Das war ein Unterschied. „Wie soll ich denn das nur machen? Ich dachte immer, jede Seele heilt sich selbst?", kamen die ewigen Zweifel in neuem Gewand hoch. War alles wieder beim Alten? Nein, sie war eine andere geworden. Die nagenden Gedanken würde sie umerziehen, damit sie ihr Kraft spenden würden: „Ich bin Maaryam, die Tochter des großen Heilers Issah."

Doch es dauerte nicht lange, und die Zweifel klopften erneut an: „Das war mein Auftrag? Seine Aufgabe weiter zu führen? Kann ich das überhaupt? Wie soll ich denn das alles schaffen?"

Sie wusste, wenn sie ihren Geist, dieses Fohlen, nicht erziehen würde, würde es sie in den Abgrund tragen. Doch im

Moment hatte sie keine Kraft mehr dazu. Völlig erschöpft döste sie ein, dort im Schatten bei den Palmen am Fluss. Seine Worte waren wie Honig für ihre Seele gewesen. „Nein, er hat mich nicht vergessen. Er redet wieder mit mir. Ich bin nicht alleine. Meine Ängste, wie mein Leben nun weitergehen soll, schwinden dahin. So wie eine sanfte Brise des Wüstenwindes.

Irgendwie ..., und irgendwann werde ich wissen, was er meint. Frauen heilen ... ich ...?"

Es würde ein langer Weg werden. Aber ihr Vater hatte gesagt, er würde ihr beistehen. Das genügte ihr fürs Erste.

Durch und durch glücklich

Seit der Visualisierung am Fluss nahe der Steinwüste war Maaryam wie verwandelt. Durch die Begegnung mit ihrem Vater und seinen heilenden Worten blühte ihre Lebensfreude auf. Diese innere Wandlung schien ihrer Seele Sinn zu geben hier auf Erden zu sein. Abraham nahm als erster das Strahlen in ihren Augen wahr. Er wunderte sich, sprach sie aber nicht an. Er vertraute darauf, dass sie sich an ihn wenden würde. Und so war es auch.

Einige Tage später suchte sie zum ersten Mal seit ihrer Ankunft Nähe zu ihm. Abraham saß schon am Lagerfeuer und nahm sein Essen in Empfang. Es war ein langer Tag gewesen und er war ausgelaugt von all den Gesprächen. Eine Suppe mit Couscous kam da gerade recht. Er blies auf den Löffel und kostete vorsichtig, ob sie schon abgekühlt wäre, da näherte sich Maaryam und fragte ihn leise und etwas schüchtern, ob er Zeit für sie hätte.

Sofort drehte er sich zu ihr um und bot ihr einen Platz am Feuer an. Die Müdigkeit war weg. „Hier, wir haben genug herrliches Essen. Hast du Hunger?"

Zu seiner großen Überraschung nickte die zarte Frau: „Ja, ich will einige Bissen essen."

Zum ersten Mal blickte sie ihn direkt an und lächelte. Jetzt war er sich völlig sicher, etwas hatte sich verändert. Ihre Energie war stärker geworden. Noch nicht voll und gänzlich wirksam, jedoch wesentlich anders. Er war neugierig. Was oder wer hatte diese Veränderung bewirkt? Einer der jungen Männer? Doch er hielt sich mit seinen Fragen zurück, um Maaryam nicht zu verschrecken, sie war scheu wie eine Wüstenantilope. Er nahm einen Löffel Suppe und kaute andächtig. Hm, Lia hatte sich selbst übertroffen, eine Kaskade von Aromen entfaltete sich in seinem Mund. Er schluckte und löffelte still weiter.

„Worüber willst du reden?"

Maaryam machte zuerst ein paar kräftige Bissen vom heißen Fladenbrot, ehe sie antwortete: „Ich habe ihn gesprochen. Er hat mit mir gesprochen!" Und sie lächelte Abraham erneut und fast verschwörerisch an. „Von wem sprichst du?" Er ging in Gedanken alle jungen Schamanen durch, die im Dorf lebten.

„Von meinem Vater. Er hat Verbindung mit mir aufgenommen und jetzt weiß ich, wo ich ihn geistig treffen kann. Ist das nicht großartig?" Ihre Augen funkelten vor Freude. Sie tat sich schwer, ruhig zu sitzen. Er fühlte eine tiefe Erregung in der jungen Frau. Noch nie hatte er sie so strahlend gesehen.

„Du meinst, du hast mit Issah, dem Meister aller Meister gesprochen?", rief er erstaunt. Er verschluckte sich fast. Das konnte gar nicht sein? Oder doch? Wie konnte eine Seele die Barriere überwinden? Es hingen ja viele unerlöst zwischen hier und dort, diese sah und hörte man oft. Aber nach vollständiger Transformation konnte man niemanden mehr erreichen. Issah war der mächtigste Schamane auf Erden gewesen und hatte viele Wunder erwirkt. Jetzt hatte er es erneut geschafft, sich gegen sämtliche geltenden Gesetze des Lebens zu verhalten. Obwohl er es schon vor seinem Tod angekündigt, ja, versprochen hatte. Abraham hätte nicht gedacht, dass es gelingen würde.

Er wollte mehr wissen. Was war geschehen? Wie hatte Issah Kontakt aufgenommen? Und wie stark musste Maaryams Energie tatsächlich sein, wenn sie sie während eines Gespräches hatte aufrechterhalten können?

Nun sah er die zarte Frau mit anderen Augen. Sie war dünn, ja, aber auch zäh. Und anscheinend mächtig. Vielleicht hatte ihr Vater ihr seine Energie übertragen, ehe er seine letzte Reise angetreten hatte. Und falls dem so war, dann Gnade der Göttin, wenn sich diese voll entfalten würden, ohne dass Maaryam die Werkzeuge beherrschte, sie zu lenken. Kein Wunder, dass sie es fast geschafft hatte, willentlich zu verhungern.

Leider war sein Ausruf lauter als beabsichtigt gewesen. Die Stille rings ums Feuer ließ ihn aus seinen Gedanken schrecken. Als er aufblickte, sah er dutzende von Augenpaaren, die im Schein des Lagerfeuers erwartungsvoll glitzerten. Niemand wagte, nur ein Wort zu sagen. Alle hatten lange auf diesen Moment gewartet. Am sehnsüchtigsten er selbst. Das wurde ihm jetzt klar. Er erwartete täglich Nachricht aus der geistigen Welt.

Issah hatte auch ihm versprochen, er würde sich nach seinem Tod melden, um den Unterricht weiter zu führen. Denn Abraham sollte die Lehren an die Schüler weitergeben.

Maaryam hörte auf zu kauen. Sie zerbröselte nervös das Fladenbrot in ihrem Schoß, denn sie war es nicht gewohnt im Mittelpunkt zu stehen. Doch dann quoll so viel Freude in ihrem Herzen auf, dass sie ihre Nervosität vergaß und es aus ihr heraussprudelte: „Ja, es ist soweit. Meister Issah hat sich in einer Vision bei mir gemeldet und mir meinen Auftrag gegeben. Er erklärte mir, wie es weitergehen soll. Was meine Aufgabe hier auf Erden ist. Genaueres kann ich allerdings noch nicht sagen." Dann richtete sie sich auf, straffte den Rücken und rings um sie baute sich eine Aura der Kraft auf: „Was ich aber sicher weiß: Ja, es ist so - er ist mitten unter uns. Er lebt weiter. Von nun an kann er in Träumen oder Visionen von jedem erscheinen, den er erwählt." Ihre Stimme hatte eine nie da gewesene Festigkeit. Ihre Worte waren ruhig und klar. Sie war überrascht. Es klang, als hätte Issah selbst gesprochen.

Mehr wollte sie aber vor den Menschen nicht sagen, das musste bis nachher warten, wenn sie mit Abraham alleine sprechen konnte. Durch und durch glücklich nahm sie nun die Schüssel Suppe, die ihr Lia mit einer kleinen Verbeugung reichte. Hach, wie die duftete! Noch nie hatte Maaryam so etwas Leckeres gerochen. Heißhungrig tauchte sie ihren Löffel in golden schimmernde Brühe und nahm einen großen Bissen. Als ihre Geschmacksnerven mit den Gewürzen Bekanntschaft machten, explodierten kleine Glücksgefühle wie sprudelndes Quellwasser in ihrem Mund. Sie schloss verzückt ihre Augen und kaute andächtig. Seit wann war Essen so gut?

Abraham betrachtete sie liebevoll. Er war unglaublich stolz auf ihren Durchbruch. Und da er sich als ihren Ersatzvater sah, fühlte er sich in diesem Moment unendlich beschenkt. Er genoss es, dass sie sich so hingebungsvoll nährte. Sie war zu dünn, so konnte sie nur wenig Energie speichern. Nachdem sie ihre

Suppe fast fertig gegessen hatte und den Rest mit Fladenbrot aus der Schüssel tunkte, sprach er:

„Jetzt kann unsere gemeinsame Arbeit beginnen. Denn du bist bereit, deine Aufgabe anzunehmen. Issah sagte mir, dass er nicht sicher wäre, wie lange du brauchen würdest, um dich deiner Bestimmung zu stellen. Doch du hast mich heute überrascht. Es ist eine große Kunst, diese Visualisierung durchzuführen!"

Er schüttelte erstaunt den Kopf: „Dass du bereits nach elf Wochen den Kontakt zu ihm herstellen konntest. Ich gratuliere dir von Herzen. Deine Berufung hat sich schon gezeigt. Du besitzt die Energie seiner Seelensignatur und seine Macht über die Gesetze des Lebens.

Morgen früh gehen wir zusammen auf den alten Heilplatz und meditieren gemeinsam. Ich als dein Lehrer werde dich unterstützen, deine Mission umzusetzen. Dein Vater hat mich noch zu seinen Lebzeiten darauf vorbereitet. Und wir werden weitere Unterweisung von ihm aus der geistigen Ebene erhalten. Bist du damit einverstanden?"

Maaryam merkte, wie ihre Ängste vor der Aufgabe weniger wurden. „Ich bin so froh, Abraham, dass du mir weiterhelfen wirst. So kann ich die werden, die ich sein soll. Ich danke dir jetzt schon dafür. Auch die Wüste wird meine Freundin sein. Die Einsamkeit meine Lehrerin. Ich freue mich schon auf eure Hilfe und Unterstützung."

Seit dem Tod ihres Vaters war sie nicht mehr glücklich gewesen. Heute strahlte sie wie eine Königin, auch ohne Krone. Ihr Herz war aufgetaut, die Angst schien wie weggeschmolzen.

In diesem Moment fühlte sie sich das erste Mal Teil dieser neuen Gemeinschaft. Niemand der Anwesenden wagte es, ihr eine Frage zu stellen. Alle blickten sie ehrfurchtsvoll an.

Abraham brach die Stille: „Nun wollen wir unser Essen genießen, denn der Herr der Ewigkeiten hat uns alle heute gesegnet!" Er klatschte in die Hände, um die dichte Energie zu zerstäuben. Seinen Blick zum Himmel gerichtet, rief er:

„Spielt Musik zur Ehre unseres Meisters und seiner Tochter. Sein Weg geht weiter. Sein Segen wird uns weiterhin auf Erden geschenkt. Die Kraft der Sternengeborenen wirkt weiter. Für immer und immer. Das wurde in der Ewigkeit bestimmt! Was für eine Freude! Danke, du Tochter des Heilers, du Sternengeborene, du Samenträgerin der höchsten Ebene! Dein Durchbruch ist unser Durchbruch."

Maaryam verstand nicht alles, was der weise Mann in den Himmel gerufen hatte. Doch ihr Herz füllte sich mit Freude und neuen Lebensmut. Nein, sie musste ihren gewählten Weg nicht alleine gehen. Und, ihr Vater war nicht einfach verschwunden.

„Ja, ich weiß jetzt zum ersten Mal ganz genau, wozu ich hier bin.", jubilierte sie innerlich. „Ich werde seine Liebe weiter in die Welt tragen. Wie? Das wird sich alles zeigen. Im Moment zählt nur, dass ich nicht auf mich gestellt bin. Ich bin hier und werde unterstützt und getragen, das hatte ich vorher nur nicht gemerkt. Jetzt fühle ich mich wie neu geboren und freue mich auf morgen."

Später blickte sie glücklich in die Augen von Lia. Es war weit nach Mitternacht geworden, sie waren alle zusammen am Feuer gesessen und hatten gefeiert. „Habe ich dir schon gesagt, wie froh ich bin, dass du da bist?", fragt sie ihre Freundin, ehe sie ins Bett stieg.

„Ich habe es gespürt.", lächelte die weise Frau, während sie Maaryam liebevoll zudeckte. „Jetzt geh zu deinem Vater und lass ihn lieb grüßen von mir. Morgen beginnt der Unterricht. Schlaf gut. Alle Sterne wachen über dich!"

Seit langem war Maaryams Polster heute nicht benetzt mit Tränen der Trauer.

Die Magie der Wüste

Am nächsten Morgen strahlte die Sonne heller als je zuvor. Mit einem Lachen auf den Lippen hüpfte Maaryam aus dem Bett und streckte sich wie eine junge Wüstenantilope. Ihre Augen waren kaum offen, da rief sie schon nach Lia für die Morgenwäsche. Alles sollte heute neu sein. Sie wollte ein frisches Kleid anziehen und auch das kalte Wasser schien ihr nichts auszumachen.

Während sie sich den Schleier um den Kopf band, der ihr auch als Schutz vor der Sonne diente, rief sie: „Heute geht es in die Wüste. Ich freue mich schon so!"

Lia verneinte: „Nicht ohne Frühstück! Ich habe bereits alles fertig, der Tee ist heiß und die Brote gebacken. Du willst doch nicht unsere liebevolle Bäckerin beleidigen, indem du das Brot nicht isst?"

„Niemals! Ich nehme mir sogar ein paar Stück mit in meiner Tasche. Ich weiß ja nicht, wie lange ich weg sein werde. Bitte pack mir ein paar duftende Brote ein. Ein paar Feigen wären auch noch gut. Und Wasser fülle ich mir in meinen Schlauch, und dann gehe ich einmal vor und warte auf Abraham!", rief sie und war schon auf dem Weg. Lia lachte und schüttelte den Kopf. Und wieder hatte die junge Frau sie ausgetrickst und war ohne Frühstück unterwegs. Sie freute sich aber dennoch mit ihrer Freundin, packte den Proviant ein und ging ihr hinterher. Abraham wartete schon, er trug eine dicke Tasche. Er hatte seine Morgenübungen erledigt und stand nun wie ein Felsen am Hauptplatz. Maaryam liebt seine Ausstrahlung, sie fühlte sich in seiner Gegenwart viel ausgeglichener. Manchmal dachte sie, dass er sie an ihren Vater erinnerte. „Ob er böse wäre, würde ich ihm das sagen?"

Die drei begrüßten sich und sprachen ein bisschen, dann verabschiedete sich Lia. Abraham musterte Maaryams Ausrüstung und fragte: „Können wir gehen? Wir marschieren schon ein Weilchen. Hast du genug Wasser bei dir?"

„Brot, Feigen und herrliches Wasser. Es kann losgehen.", nickte sie und zeigte ihm ihre Schätze.

Fröhlich plaudernd ging das ungleiche Paar los. Unterweges sprachen sie über die Kräuter am Weg und die Kraft des Sonnenlichts. Absichtlich erwähnte der weise Alte nicht die Stimme Issahs, die er seit gestern selber deutlich vernahm. In Gedanken war er beim bevorstehenden Unterricht mit dessen Tochter. Er wusste nicht genau, wie groß die geistigen Fähigkeiten seiner neuen Schülerin waren und wie weit sie geschult war, diese zu beherrschen. Er hatte mittlerweile einige Kostproben ihrer medialen Stärke erfahren und sie konnte eine Visualisierung mit Issah im Alltag und bei vollem Bewusstsein aufrechterhalten. Er würde ihre Geisteskräfte heute einmal testen, beschloss er und dann den weiteren Ausbildungsplan darauf abstimmen.

Maaryam ging frohgemut an der Seite des Wüstenschamanen dahin und genoss den Anblick der Steinwüste. Das Schiefergestein war in vielfältigen Grau- und Rotschattierungen und zeichnete hübsche Muster in die Felsen. Sie ließ sich auf das Betrachten ein und ihre Gedankenwelt zog sich etwas zurück.

Als sie die roten Steine verließen und die gelben Sandberge vor ihnen lagen, soweit ihr Auge reichte, spürte sie die Energie der Wüste. Es war ein Gefühl, als umarmte die wärmende Kraft dieser endlosen Weiten ihr trauerndes Herz. Sie war plötzlich tief berührt, ein bittersüßes Ziehen hinter ihrem Herzen und unwillkürlich liefen ihr Tränen über die Wangen. Sie fühlte weder Trauer noch freudige Erregung, es war ein stilles Weinen, als wollten sich ihre Augen reinigen.

Sie blieb hinter ihrem Lehrer stehen, um Luft zu holen. Da überrollte eine Welle der Angst ihren Körper. Sie atmete gleich noch einmal tief ein, um ihrem eisernen Griff zu entkommen. Das Gefühl übermannte sie wie eine unlenkbare Macht. Sie kam aus den Untiefen ihrer Seele und wollte aus ihr herausbrechen. Und so viel sie auch atmete, sie konnte sich nicht gegen diese Angst wehren.

Abraham merkte sofort ihre Veränderung und drehte sich zu ihr um. Sie wirkte wieder blass und zerbrechlich. Er nahm ihre Hand und sprach mit fester Stimme: „Fürchte dich nicht. Das ist nur die Kraft der Wüste. Sie reinigt unsere Seele. Sie fährt wie der Wüstenwind durch all deine Höhlen und Verstecke und holt jeden Schmerz hervor. Aus allen Leben wirst du nun gereinigt. Bleib ganz ruhig. Es ist wie ein wilder Wüstensturm. Du musst nur ruhig weiteratmen und dann vergeht diese alte Emotion. Du bist nicht dein Schmerz, du bist Liebe."

Maaryam blickte in seine tiefbraunen Augen, um Kraft zu finden. Er wirkte so gefestigt und das gab ihr Mut. Sie ließ sich schwerfällig in den Sand plumpsen. Ihr Körper war auf die heftigen Gefühle nicht vorbereitet. Zu viele Tage hatte sie schlecht geschlafen und zu wenig gegessen. Der Boden schien sie in sich hinein ziehen zu wollen.

Doch Abraham umarmte sie fest und schien dem Sog mit seiner Kraft entgegenzuwirken. „Immer, wenn du mich brauchst, werde ich für dich da sein. Ich hüte deine Seele und deine Aufgabe und helfe dir, deiner Bestimmung zu folgen. Das habe ich deinem Vater zu Lebzeiten versprochen." Er wirkte, als würde er sie nie wieder loslassen. „So ist nun Schutz, Heilung und Schulung deiner Geisteskräfte mein Lebensinhalt. Vertraue mir, du bist nicht alleine. Dein Schmerz wird enden, deine Wunden werden heilen. In diesem oder im nächsten Leben. Du hast Zeit und trotzdem wirst du daran wachsen. Du wirst stärker sein als je zuvor." Er blickte ihr fest in die Augen. „Du trägst eine besondere Kraft in dir. Diese Kraft ist der Samen, den die Welt braucht. Du wirst hier und jetzt gebraucht, denn du wurdest als Vorreiterin ausgewählt. Und wisse, du kannst dieser Kraft nicht entfliehen."

Er atmete ein paar Mal tief ein und aus und es schien Maaryam, als würde die Macht der Angst in ihr brechen.

„Und wisse", fuhr er fort, "ich und alle anderen von meinem Stamm werden ein Leben lang über dich wachen. Du bist stärker als du denkst. Und dadurch wirst du Ebenen betreten, von denen andere nur träumen. Doch du musst lernen, dir und deinem Herzen zu vertrauen. Manche Antworten wirst nur du beantworten, manche Fragen nur du stellen können.

Auch Angriffe von Unwissenden wirst du bekommen. Denn sie fürchten das Licht. Im Grunde ängstigen sich die Menschen vor nichts mehr als vor jemanden, der kommt und die Wahrheit spricht. Doch es ist und bleibt deine Aufgabe immer die Wahrheit zu verkünden. Das ist deine erste und wichtigste Lektion.", beendete Abraham seine Rede.

Die Welle der Angst verließ Maaryam nur langsam, doch zur gleichen Zeit wuchs ihre Klarheit. Ihr Kopf fühlte sich wie durchgespült an, jedoch klar wie nie. Sie hörte den Weisen sprechen und machte sich geistige Notizen. Das alles würde sie in ihr neues Notizbuch schreiben.

Denn eigentlich hatte sie nichts von alledem verstanden. Doch seine Worte wirkten trotzdem in ihr, sie erzeugten eine Art Trance.

„Die Sprache der Wahrheit, zumindest das habe ich begriffen.", murmelte sie.

Erschöpft kramte sie ihren Proviant aus dem Beutel. Ein Schluck Wassers erfrischt sie, Feigen und Brot gaben ihr wieder Kraft. Nachdem sie den letzten Bissen geschluckt hatte, erklärte sie mit fester Stimme:

„Ich werde ab jetzt besser auf mich achten. Regelmäßig essen und trinken. Das Meditieren muss wieder ein fixer Bestandteil meines Lebens werden. Ab heute bin ich disziplinierter, als ich es in letzter Zeit war. Früher konnte ich das."

„Es freut mich, dass du diese Erkenntnis hattest. Ja, spirituelle Disziplin muss sein und ist eine Art der Selbstliebe. Dein Körper braucht die gleiche Aufmerksamkeit wie die Meditation und die Schulung der Geisteskräfte."

Maaryam lächelte. Bis jetzt war sie für mehr Strenge in ihrem Leben nicht bereit gewesen, doch heute hatte sie sich verändert. Sie merkte, dass sie nicht richtig wirken konnte, wenn sie nicht mehr Kraft in ihrem Körper hatte. Also war auch ihr Körper ein wichtiger Bestandteil für ihre Aufgabe.

„War das die ganze Lektion für heute?", blickte sie Abraham herausfordernd an. Er lächelte: „Ich hatte es der göttlichen Führung überlassen, womit wir anfangen. Und so hat der emotionale Sturm die Führung übernommen. Diese Prozedur war besonders wichtig. Kraft und Magie der Wüste sind tolle Lehrerinnen. Und die energetische Reinigung steht beim Geistheilen immer an erster Stelle. Du hast die Lektion nur intensiver erlebt, als ich dachte. Aber dadurch konnte ich dich noch besser kennen lernen."

„Die Magie der Wüste", wiederholte Maaryam gedankenverloren. „Ich liebe sie. Es ist wie eine umarmende Schulung der Hingabe ans Leben. Sie zeigt dir deine Wahrheit sofort auf und weist dich auf deinen Platz. Ich bin voller Demut. Danke, liebe Wüste, dass ich das heute erleben durfte. Meine erste Begegnung war heftig, aber auch befreiend.

Ich werde alles gleich jetzt in mein Buch schreiben. Mutter hatte recht gehabt. Und jetzt eröffne ich mit dem ersten Eintrag dieses zweite Leben. Mit meiner Lektion.

Sie kramte ihr Notizbuch aus dem Beutel, strich liebevoll über den glänzenden Ledereinband. Dann hob sie das Buch an die Nase und sog tief den Geruch nach frischem Leder, Leim und Papier ein. Mit großer Achtsamkeit schlug sie die erste Seite auf, nahm einen Stift aus ihrem Beutel und schrieb:

Reinigung ist die Basis für jede Art von Heilarbeit.
Die Wüste ist die intensivste Heilerin auf allen Ebenen.
Achte auf deinen Körper und auf deine Seele, denn Heilung ist
beides. Die Führung der Göttin ist unergründlich.

Der Herr der Dunkelheit

Am Abend kamen sie wieder in die Oase zurück. Maaryam hatte Blasen an den Füßen und ihre Haut juckte vor Schweiß und Sand. Sie war hungrig, müde, und sie spürte jeden einzelnen Muskel. Der Tag in der Wüste hatte sie aber nicht nur körperlich erschöpft, sondern auch sehr nachdenklich gemacht. Ihre Worte waren verstummt und sie schlüpfte unbemerkt in ihr Zelt. Müde ließ Maaryam sich auf ihr Lager fallen. Schmutzig wie sie war. Gerade einmal den Schleier hatte sie abgenommen und achtlos auf den Boden gleiten lassen. Sie schloss ihren brennenden Augen und versuchte, das Pochen in ihren Schläfen zu ignorieren.

Lia bemerkte die erschöpfte Frau eine kleine Weile später, als sie frisches Waschwasser brachte. Sie sah Maaryam so geschafft auf dem Lager liegen, die Beine baumelten über die Bettkante, als wäre sie geradewegs umgefallen und sie bekam Mitleid mit ihr. Abraham war eben ein Mann und kannte sich mit Frauen wenig aus, er hätte das Mädchen nicht so weit hinausbringen dürfen. Lia seufzte und machte sich daran, einen heilenden Tee für ihre Freundin aufzubrühen. Mit einem dampfenden Becher blieb sie dann vor dem Bett stehen.

„Schläfst du, meine Liebe?", fragte sie leise. Diese stöhnte tief. „Dieser Tee bringt dich bald wieder auf die Beine, Liebste. Setze dich auf und trinke ihn. Danach wollen wir dich waschen."
Lia wartet geduldig, bis Maaryam sich schwerfällig vor Müdigkeit aufgesetzt und einen Schluck vom Tee genommen hatte. „Alles in Ordnung, meine Liebe?", fragte sie leise.

„Ja, es geht mir gut. Es war nur sehr anstrengend, ich bin das Stapfen durch den Sand nicht gewöhnt. Jetzt tut mir alles weh. So habe ich mir unseren Spaziergang nicht vorgestellt."

„Abraham ist immer wieder für eine Überraschung gut. Er wird sicherlich wissen, was er tut.", lächelte Lia weise.
„Heute hat mich die Wüste erst einmal gereinigt. Ich muss jetzt schlafen und hoffe morgen auf neue Energien." Maaryam gähnte ausgiebig und kratze sich heftig. „Ah, ich freue mich darauf, aus den sandigen Kleidern zu kommen!"

„Du kannst dich sofort waschen, ich habe dir bereits frisches Wasser in die Waschschüssel gefüllt und dir eine frischen Tunika dazugelegt. Soll sich dir helfen?" Lia reichte ihr die Hand, um sie zu unterstützen. Doch Maaryam stemmte sich aus eigener Kraft hoch.

„Danke dir vielmals, liebste Lia. Ich wasche mich alleine und gehe dann gleich schlafen. Sag doch bitte den anderen, dass ich heute nicht mehr zu den Feuern komme." Sie gähnte wieder herzzerreißend.

„Dann ruhe dich aus. Schlafe gut, die Göttin sei mit dir." Lia verließ respektvoll das Zelt.

Nachdem sie sich gewaschen und ihre kurzen Haare mit hundert Strichen gebürstet und eingeölt hatte, kuschelte sich Maaryam in ihr Bett. Ihr Kopf hatte kaum das Kissen berührt, da fiel sie schon in einen tiefen Schlaf, - der allerdings ein lebhaftes Ereignis mit sich brachte. Und dieser sollte ihr noch lange in Erinnerung bleiben.

In ihrem Traum tanzte sie auf einer grünen Wiese wie eine Feder im Wind. Die Sonne schien warm, ein angenehmes Lüftchen spielte mit den Blättern der Bäume. Schmetterlinge torkelten über die Blumen und begleiteten sie. Und irgendwelche Vögel und Grillen zirpten voller Lebensfreude um die Wette. Sie war barfuß und das Gras fühlte sich kühl unter ihren Füßen an. Solch eine Umgebung kannte sie nur aus den Erzählungen der Reisenden. Noch nie in diesem Leben war sie über eine ähnliche Landschaft gelaufen. Und doch spürte es sich sehr real an.

Sie trug ein langes weißes Kleid aus fließendem Material, das im Sonnenlicht schillerte und schlenderte durch einen Hain voller Apfelbäume. An einer kleinen Quelle löschte sie ihren Durst. Das Wasser schmeckte so süß, wie sie es noch nie erlebt hatte. Es herrschte perfekter Friede, nichts deutete auf Unheil hin.

Doch plötzlich verdunkelte sich der Himmel. Eine mächtige Wolke schob sich vor die Sonne, Vögel und Grillen verstummten.

Wo war die hergekommen? Die Stille lastete schwer auf ihr, die Natur hielt den Atem an.

Dann fuhr ein kalter Windstoß auf und zerrte an ihr. Maaryam blieb erschrocken stehen und versuchte, Kleid und Haare zu bändigen. Der Wind wurde immer stärker und drehte die Wolke zu einem Strudel zusammen.

„Himmel," dachte sie, „was ist denn das für ein Wetter?" Sie hatte von Reisenden Geschichten über Wirbelstürme gehört und wie sie Häuser, Tiere und sogar Kinder packen und fort wirbeln konnten. Sie lief zum nächstbesten Baum und klammerte sich an den Stamm.

Die Wolkenspirale drehte sich immer weiter und schließlich öffnete sich im dichten schwarzgrau der Himmel ein Spalt aus Licht, aus dem ein Mann stieg. Maaryam hielt den Atem an - was für ein Traum war denn das?

Der Mann aus der Wolke schien ein Krieger zu sein. Er trug ein schwarzes Gewand mit roten Zeichen, die Maaryam an Flammen erinnerten. Mit hoch erhobenem Schwert schwebte er auf sie zu, sein Mantel wallte hinter ihm her und verstärkte den bedrohlichen Eindruck. Sie war paralysiert. Wie hypnotisiert starrte sie auf den dunklen Krieger und konnte ihren Blick nicht abwenden. Schließlich stand er so dicht vor ihr, dass sie seine tiefschwarzen Augen wahrnahm, in denen es kein Weiß gab. Sie konnte ihren Kopf nicht bewegen, ihre Füße waren wie angewurzelt. Maaryam zitterte vor Angst. Unwillkürlich umfasste sie ihr Schutzamulett, das ihr Abraham geschenkt und sie bisher nicht abgenommen hatte.

Der Krieger kam einen Schritt auf sie zu und presste seine Nase an ihre. Sie fühlte seinen Atem, der nach Schwefel roch und konnte kleine Flammen in den dunklen Höhlen seiner Augen züngeln sehen.

„Ich werde dich besiegen. Denke an mich, wenn du zum Kampf bereit bist. Denn dann werde ich da sein!", zischte er und es klang, als würde eine Schlange sprechen.

Maaryam schluckte und versuchte, einen Schritt zurück-zutreten, um dem ekligen Atem zu entkommen. „Haa," schrie er ihr mitten ins Gesicht, ließ plötzlich ab von ihr und stieß mit zurückgelegtem Kopf wie ein Wolf ein triumphierendes Geheul in den dunklen Himmel. Dann lachte er höhnisch und musterte sie abschätzend.

Schließlich fand Maaryam ihre Stimme wieder. Immerhin war das ja nur ein Traum, beruhigte sie sich. Und dieses Wesen musste daher aus ihr selber kommen. Da es ein Teil von ihr war, würde es sie wohl nicht umbringen, da es dann mit ihr sterben würde.

„Wer bist du?", fragt Maaryam und schob das Kinn vor, um Mut zu zeigen. Doch ihre Stimme verriet sie. Sie klang zittrig. Gar sicher war sie sich nicht. Ihre Finger rieben unbewusst über die Steine des Medaillons.

Das Wesen zog Schleim aus der Nase in den Rachen und spuckte ihr vor die Füße. „Ich bin dein Lehrer aus der Schattenwelt. Ich werde dich lehren zu kämpfen, wenn es notwendig ist und zu schweigen, wenn es ratsam ist. Dein Leben hängt von deiner Macht ab. Du wirst meine Lehren meist nicht lieben. Doch nur so lernst du deine Energien weise zu nutzen.

Wenn du mich leugnest, werde ich immer wieder in dein Leben treten. Wenn du mich achtest, wird deine Macht hier auf Erden wachsen. Dein Vater kannte mich. Wir trafen uns immer und immer wieder. Ich führte ihn in Versuchung und ich werde auch dich in Versuchung führen. So entdeckst du Wahrheit in tiefster Dunkelheit.

Noch ist aber meine Zeit nicht gekommen. Du wächst gerade erst in die Sternenmacht hinein. Jetzt kannst du mich noch nicht herausfordern. Du brauchst mich erst später.

Doch dann werde ich immer dann da sein, wenn du glaubst, mich vergessen zu können.

Noch stehst du unter dem Schutz der Anderen. Doch eines Tages, wenn du nicht damit rechnest, komme ich und werde dich prüfen.

Alles was du bis dahin gelernt hast, werde ich einfordern. Ohne mich kannst du niemals wirklich mächtig sein. Viele Jahre wirst du mich ignorieren. So wie viele andere Heiler. Viele wollen von mir nichts wissen. Doch sie müssen alle zu mir in die Lehre gehen. Dein Vater wusste das. Und doch hat auch er immer versucht seine Kinder vor mir zu bewahren. Doch das kann niemandem gelingen. Denn auch ich folge den göttlichen Gesetzen.

Heute bin ich zu dir gekommen, weil es deine Zeit ist, nun erwachsen und als Kriegerin des Lichts zu handeln. Unsere Wege werden sich immer wieder kreuzen. Dein Unterricht beginnt jetzt. Lerne mich kennen, ICH BIN Dunkelheit, Kraft des Schmerzes, Nicht-Liebe. Im Gegenteil wirst du erkennen, was wahr ist. Keine Lüge kann vor mir bestehen. Du wirst sie entlarven."

Er stieß zur Bekräftigung seiner Worte sein Schwert in den Boden, dass die Grashalme nur so stoben.

„Wer bist du?", versuchte es Maaryam noch einmal, diesmal schon mutiger. Der Typ hatte ja gar kein Benehmen!

„Ich bin der Lichtträger. Der, der alles Licht hütet. Auch deines, und das solange, bis du es von mir zurückforderst. Und genau so lange habe ich durch die Dunkelheit Macht über dich."

„Ich verstehe dich nicht. Ich bin gerade Schülerin geworden und lerne die Kräfte des Universums erst kennen. Mein Vater mag dich respektiert und auch geachtet haben, wer weiß? Er war der mächtigste Heiler unter der Sonne. Aber was willst du von mir?"

„Lerne die Dunkelheit kennen, erforsche und durchtauche sie. Achte mich als deinen Lehrer und so wirst du das Licht erkennen. Erwarte die Lehren in deinen dunkelsten Stunden, dann bist du am richtigen Weg. Ich lehre dich, mich zu sehen und in Wahrheit zu handeln. Immer und immer wieder werde ich dich prüfen. Nur aus Gnade zu dir zeige ich mich dir jetzt. Nur jetzt und nur kurz. Erinnere dich täglich an mich. Vergiss niemals, dass ich stets über dich wache! Dein Weg ist ab jetzt mit mir verbunden. Es besteht ein Pakt zwischen uns. Deine Seele hat ihn vor Anbeginn der Zeit mit mir geschlossen. Du weißt das. Erinnere dich. Ohne mich gibt es kein Erwachen auf der Erde. Eines Tages, da wirst du mich hassen. Du wirst deine Wut und deinen Zorn gegen den Himmel schreien. Nichts und niemand kann dir helfen, wenn du die ewige Wahrheit vergisst. Was das ist? Die ewige Wahrheit wird dich auf immer suchen lassen, nie wirst du Frieden finden, solange du mein Wesen nicht erkennst. Die ewige Wahrheit schlummert in dir und in deinem Herzen. Deine Seele weiß, wer du bist, auch wenn dein Ego mich in kommenden Leben verflucht. Ich bin nicht das Böse. Ich zeige es dir nur. Du entscheidest immer. Vergiss das niemals. Niemand kann dich in die Dunkelheit zwingen, wenn du dein Licht kennst. Das ist die Prüfung aller Licht- und Sternenträger. Auch wenn dein Weg hart und steinig wird, denke immer daran, dass alles seinen Sinn und seine Bestimmung hat. Auch ich folge nur der Bestimmung und ich bin der am meisten missverstandene Lehrer aller Zeiten, Luzifer - der Lichtträger. Du wirst viele Lehrer haben, nicht nur deinen Vater. Auch ich werde dich besuchen. Auch ich werde dir den Weg ins Licht zeigen. Auch ich werde dir Lektionen erteilen, die du nie vergessen wirst. Auch ich bin ein Hüter deiner Seele … besonders deiner starken Seele. Deine Aufgabe ist an mich gebunden. Sonst kannst du nicht wirken. Viele Lektionen später wirst du mich vielleicht verstehen. Ich werde immer wieder kommen, solange bis du mich vollkommen verstanden hast. Wie viele Leben du dazu brauchst, ist deine Entscheidung. Dein Weg und meiner sind untrennbar miteinander verbunden - für immer. Erst wenn du nicht mehr erzitterst vor Angst vor mir, sondern auch mich lieben gelernt hast, ist meine Aufgabe beendet. Christus und ich, wir sind Brüder. Dein Vater wusste das."

Er zog sein Schwert mit einem Ruck aus dem Boden und hielt es senkrecht mit der Spitze zur schwarzen Wolke. Die hatte sich während seiner Rede langsam, aber stetig weiter in Strudeln gedreht, wie wenn sie auf etwas warten würde. Nun durchbrach ein Strahl gleißenden Lichts das Grau. So strahlend hell, dass niemand hineinblicken konnte, ohne geblendet zu sein. Dieses traf Maaryam mitten in ihr bebendes Herz. Und mit ihm floss die Wahrheit seiner Worte wie ein heilendes Feuer in ihre Seele. Die Welt schien zu zerrinnen. Alles wurde unscharf und doch so deutlich spürbar in der göttlichen Einheit.

„Erkenne das Licht in der Dunkelheit, meine Schülerin!"

„Ist das vielleicht das Transformationsfeuer von dem Vater immer gesprochen hat?", flüsterte Maaryam, nachdem sie sich etwas von der Macht der Energie, die das Licht übertrug, erholt hatte.

Luzifer ließ mächtige Schwingen aus seinem Rücken wachsen und stellte sich in das gleißende, überirdische Licht, dass ihn und sein Schwert aus purem Gold zeigte. Dann flog er mit einem Schlag seiner Flügel durch das Loch in den Wolken. So rasch, wie er gekommen war, verschwand der Spuk wieder. Ein Windstoß brauste noch einmal über die Baumwipfel und presste die Grashalme auf den Boden und der Traum beruhigte sich auf einen Schlag. Die Wolken lösten sich auf und die Vögel sangen wieder ihre Lieder. Es schien, als wäre nichts geschehen.

Nichts erinnert an den Besuch vom Herrscher der Dunkelheit. Maaryam verließ die Kraft in den Beinen und sie sank neben dem Baum ins Gras. Ehe sie erwachte, nahm sie den Duft von frischem Grün wahr.

War das nur ein Traum gewesen oder eine Prophezeiung für ihr Leben? Diese und viele weitere Fragen stürmten auf sie ein. Doch jetzt hatte sie keine Lust auf Antworten, sie spürte wieder die Erschöpfung und die Blasen an ihren Füßen und beschloss, einzuschlafen. Im Tiefschlaf holte sie sich den Trost und die Liebe ihres Vaters.

Als Maaryam am nächsten Morgen aufwachte, waren ihre Fußsohlen schmutzig und auf ihren Laken fand sie ein paar vertrocknete Grashalme.

Traum oder Wirklichkeit?

Maaryam war völlig verwirrt. Hatte sie gestern Nacht noch an einen Traum geglaubt, die Grashalme ließen anderes vermuten. Sie war sich sicher, dass sie ihre Füße gewaschen hatte, ehe sie ins Bett gestiegen war. Was genau hatte sie da erlebt? Sie blickte sich im Zelt um, konnte aber nichts Außergewöhnliches entdecken.

Sie war spät erwacht, die Sonne stand hoch am Himmel und sicherlich arbeiteten schon alle. Es roch herrlich nach frischem Fladenbrot, irgendeiner köstlichen Speise und sie hörte Kinderlachen draußen vor ihrem Zelt. Obwohl sie verstört war, spürte sie, dass ihr Magen knurrte. Nein, es war alles so wie immer. Je länger sie über ihren Traum nachdachte, desto gruseliger erschien er ihr.

„Wie der gesprochen hatte, diese merkwürdige Betonung. Was genau war das? Ich bin völlig verschwitzt, die Laken sind feucht und völlig zerwühlt." Ihre Haare standen in alle Richtungen ab.

Was war das letzte Nacht gewesen? Ein Traum oder Wirklichkeit? Wie konnte sie aber über eine Wiese gelaufen sein? Woher kamen die Grashalme? Hier war die Wüste, Sand und Gras tausende von Meilen entfernt.

Ein kalter Schauer lief ihr den Rücken hinunter. Doch sie nahm ihre Geisteskraft zusammen und gab sich selber Befehle. Das beruhigte sie. „Jetzt erst mal zur Ruhe kommen. Ich habe das sicher nur geträumt, hatte vergessen, die Füße zu waschen und die Grashalme kommen wohl vom Futter der Pferde. Hier bin ich vollkommen sicher. Ich atme jetzt tief aus und dann wieder entspannt ein." Sie atmete bewusst und bis in den Bauch. „Es ist alles gut, wie es ist!", fiel ihr ein Satz ein, den ihre Mutter immer zu sagen pflegt.

„Doch, nein, das ist es nicht!", antwortete sie sich selber. Ihre Gedanken begannen zu rasen. Wirr und ängstlich. „Luzifer war hier! Hier bei mir in meinen Träumen und der Traum war scheinbar nicht in der Traumwelt geblieben. Mein Vater hat mir immer wieder einmal von Luzifer erzählt. Dass er dieser Macht begegnet sei. Immer und immer wieder war er aufgetaucht und hatte ihn geprüft. Ja, auch Luzifer war ein Meister aller Meister." Es schien Maaryam logisch, dass die Dunkelheit sich als Gegenspieler meldet.

„Aber ich? Ich bin doch völlig unscheinbar. Mein Licht und meine Weisheit sind noch ganz klein und ich muss alles erst lernen. Das kann doch nicht sein, dass sich jetzt gleich die Macht der Dunkelheit da einmischt?" Wie immer kam sie sich überfahren vor. Und überfordert. „Das geht so nicht!", protestiert sie lautstark und sprang mit trotzigem Blick aus ihrem Bett.

Lia hatte Maaryam schon eine Weile beobachtet. Unbemerkt von der jungen Frau war sie ins Zelt geschlüpft, um nachzuschauen, ob ihr Schützling immer noch schlief. Höflich wie sie war, blieb sie im Hintergrund, um Raum zu geben, für Gedanken und Gefühle. Als die junge Frau aber mit dieser Kampfansage aus dem Bett sprang, fragte sie leise: „Was geht so nicht?"

Die Stimme ihrer Freundin holte die verwirrte junge Frau aus ihrem inneren Dialog, beruhigte und entspannte sie.

„Ah, Lia schön, dass du da bist!" Erst jetzt wurde ihr bewusst, wie sehr sie sich bereits an die liebevolle Präsenz Lias gewöhnt hatte. „Ich hatte einen schrecklichen Traum, eine Vision oder sonst etwas Komisches. Ich bin noch ganz verwirrt und kann meine Gedanken kaum in Worte fassen." Sie fuhr sich durch die Haare.

„Ganz ruhig meine Liebe, manchmal weiß man erst viel später, ob es nur ein Traum war oder eine Prophezeiung."

„Eine Prophezeiung? Na, das wird ja immer besser.", dachte Maaryam ironisch und verzog das Gesicht. Lia blieb ihre Angst aber nicht verborgen.

„Meine Liebe, erzähl mir doch erst, was war letzte Nacht los?", fragte Lia und setzte sich auf die Bettkante ihres Schützlings.

„Nun, ich werde versuchen, meine Eindrücke in Worte zu fassen. Ich hatte Besuch vom Herrn der Dunkelheit. Oder ich war bei ihm. Er meinte, wir hätten einen Pakt und wären miteinander verbunden. Für alle Leben! Aber - das ist schrecklich! Und, Lia, er war wirklich hier! Hier!", rief Maaryam und hielt einen vertrockneten Grashalm in die Höhe. „Ich war auf einer Wiese, von denen die Reisenden aus dem Norden immer erzählen. Es war alles ganz real, und das hier, diesen Halm habe ich mitgebracht aus dem Traum!"

Lia erkannte, dass etwas Besonderes mit Maaryam geschehen war. Eine Begegnung und eine Erkenntnis, die ihr die Augen geöffnet hatten. Das kam häufig vor. „Ob du es willst oder nicht. Nachher bist du nicht mehr dieselbe wie vorher.", dachte Lia. Ja, die junge Heilerin wirkte erwachsener.

„Erzähl weiter!", bat sie betont ruhig. Denn auch sie hatte bereits Kontakt mit dem Herrn der Finsternis gehabt. Doch das wolle sie jetzt nicht preisgeben. Es war eine Lektion, die Heiler erwartet. Alle wurden geprüft, ob sie reinen Herzens waren.

„Ich traue mich kaum drüber reden. Es war gruselig. Aber auch irgendwie schön. Und dafür schäme ich mich. Es kommt mir fast vor, als bräuchte ich seine Energie. Was soll das bedeuten? Ich verstehe gar nichts mehr. Welche Kraft soll das denn sein? Ich will mit dem nichts zu tun haben und mit all dieser Energiearbeit nichts zu tun haben. Ich will mein Leben genießen und glücklich sein! Lia!" Maaryam schüttelte verzweifelt den Kopf. Zuerst der Auftrag ihres Vaters, dann diese Begegnung!

Zugleich beobachtete sie aber ihre Gedanken – „Ich will ...", war alles, was sie dachte. Sie atmete tief ein und rief sich zur Ruhe. Das Ego brachte sie jetzt nicht weiter.

„Wenn ich nur jetzt meinen Vater fragen könnte. Er wüsste sicher alles über Luzifer und die Brüder von Licht und Schatten. Nur hat er mir nicht alles erzählt oder ich habe es nie richtig verstanden. Das macht mich jetzt traurig. Wo finde ich nun meine Antworten."

Lia lächelt weise: „Ja, frag deinen Vater, Issah weiß immer eine Lösung. Über Luzifer wusste er sehr gut Bescheid. Und auch, wie er zu handhaben ist."

Bei ihren letzten Worten sah Maaryam auf. „Wieso weißt du das?"

Lia lächelte: „Dein Vater kam oft auf seinen Reisen hier zu uns. Wir liebten es, seine Geschichten zu hören. Abends wenn es dunkel wurde, saßen wir gemeinsam am Lagerfeuer. Da berichtete er über neue Möglichkeiten unsere Geisteskräfte zu aktivieren. Wir sprachen über Licht und Schatten. Besonders lange haben wir uns allerdings darüber unterhalten wie man in der Dunkelheit das Licht erkennt. Das ist eine der schwierigsten Aufgaben in unseren Leben. Die Dunkelheit deiner übermächtigen Gefühle. Angst, Neid, Hass, Trauer und andere."

Langsam wurde Maaryam ruhiger. Sie freute sich, dass auch andere Menschen liebevolle Erinnerungen an Issah hatte. Es war, als hätte er jetzt gesprochen. Ihr Herz schlug wieder gemächlicher, sie hörte auf zu schwitzen. Nun erinnerte sie sich auch, was sie gelernt hatte, um solchen Notsituationen zu begegnen.

„Dein Vater ist noch immer da für dich.", fuhr Lia fort. „Wisse, dass du immer mit seiner Seele in Verbindung stehst. Deine Zellen atmen sein Licht. Du lebst die Berufung der Sternengeborenen weiter. Alle wissen das. Nun wird es Zeit, dass auch du das akzeptierst. Luzifer wird dein bester Freund werden. Vielleicht wird es einige Zeit brauchen bis du seine Sprache verstehst. Aber das ist nun deine Aufgabe. Lerne die Sprache und die Prüfungen Luzifer kennen. Du wirst sie erfüllen. Keine Sorge, seine Art und Weise zu unterrichten, hat uns alle geformt. Freue dich, es ist eine Auszeichnung, die nur mächtige Schamanen erhalten. Jeder Eingeweihte aus allen Tempelschulen hat diesen Weg gehen müssen. Jetzt bist du dran. Lerne die dunkle Seite des Lichts kennen. Erst dann brauchst du keine Angst mehr vor ihm zu haben. Nur dann bist du frei."

Das Licht der Erkenntnis

Maaryam war den restlichen Tag völlig verschlossen. Sie ging lange Zeit alleine spazieren und versuchte das Gehörte zu verarbeiten. Wie immer begab sie sich dabei auf ihren Lieblingsplatz am Fluss.

Sie hatte von ihrem Vater viel über Heilmethoden gehört und gelernt. Sie wusste, wie sie äußere Krankheiten behandeln musste. Wunden nähen, die richtigen Kräuter auftragen, Brüche schienen. Sie konnte unzählige Pflanzen aufzählen, um den passenden Heiltee für nahezu jedes Problem zu kochen. Sie verordnete fast immer auch Ruhe und Abgeschiedenheit, wenn ein Unfall oder schweres Leid einen Menschen heimsuchten.

Sie liebte den Duft ätherischer Öle und stellte Salben aus Bienenwachs, Wollwachs und Olivenöl her. Stundenlang hatte sie zuhause mit den unterschiedlichsten Rezepturen experimentiert, stets in vollkommener Harmonie mit den Pflanzenspirits. Niemals empfand sie Hilflosigkeit.

Doch jetzt hier? Mit diesem Thema? Und das noch dazu in der Fremde? Sie war einsam und aber nicht alleine. Sie wurde geduldet und ja, geachtet. Allerdings fühlte sie sich nicht zu Hause hier. Vielleicht machte das den Unterschied.

Der Traum letzte Nacht, oder was es sonst gewesen war, hatte sie bis in die Grundfeste erschüttert. Sie erkannte, dass es viel mehr zwischen Himmel und Erde gab, als sie wusste. Und das Schlimmste war, dass ihr Vater ihr nichts davon erzählt hatte.

Sie schaute eine Weile ins flirrende Sonnenlicht, das sich im Wasser des Flusses spiegelte. Dann seufzte sie und machte sich auf den Heimweg. Luzifer hatte eine brennende Stelle in ihrer Seele hinterlassen.

„Lia, weißt du wo Abraham ist?", fragte sie, als sie Lia in der Nähe ihres Zeltes traf, wo sie Wäsche aufhängte. Lachend antwortet sie: „Abraham ist um diese Zeit oft auf seinem Lieblingsplatz. Das ist dort bei den roten Felsen." Lia wies Maaryam eine Richtung außerhalb der Stadt. „Ich bin sicher, er nimmt sich gerne Zeit für deine Fragen."

Das hörte Maaryam gerne, denn sie wollte Abrahams Meditation oder innere Sammlung auf keinen Fall stören. Zur Sicherheit fragte sie ihn in Gedanken um Erlaubnis. In Sekundenschnelle spürt sie ein heiteres ‚Ja, natürlich, komm her.' In ihrem Herzen, doch sie war sich nicht klar, ob das wirklich von ihm kam oder es nur Einbildung war.

Also macht sich Maaryam auf den Weg zu den roten Felsen, die am Rande der Wüste lagen, weit genug von der Oase entfernt, um in Stille zu meditieren. Der Weg dorthin führte über einer Sandstraße. Als sie auf der Straße schlenderte, zogen Horizont und die Stille der Umgebung ihre Aufmerksamkeit auf sich. Wie schön doch die Wüste und die Berge waren, wie ruhig und menschenleer. Welch' unendliche Klarheit. Und erst die Harmonie der Naturfarben. Sie ließ die Eindrücke auf sich wirken. Das Auf und Ab der Dünen schienen das Leben zu symbolisieren.

„Ach, wie ich die Wüste liebe!", flüsterte sie, um die heilige Stille nicht zu stören, die nur durch das Geräusch ihrer Schritte unterbrochen wurde. Sie passte ihren Gang dem Herzschlag der Umgebung an und ging langsam und in voller Achtsamkeit. So entspannte sie sich mit jedem Schritt mehr und der Weg wurde zu einer Geh-Meditation. Oh, wie tat das gut, nach der gestrigen Nacht. Nur Stille und Frieden. Doch dann fuhr es ihr ein wie der Blitz: „Wie soll ich Abraham die Ereignisse im Traum erklären? Ich bin jetzt Schülerin von Luzifer. Das klingt ja schrecklich. Ich hoffe, mir fallen noch weisere Worte ein."
Sie blieb stehen und blickte sich suchend um. „Und wo ist denn nun Abraham?", dachte sie und genau in diesem Moment tauchte er an der Spitze der nächsten Düne auf. „Ich habe dich erwartet!", rief er freundlich herunter. „Komm zu mir herauf, ich habe Tee gemacht."

„Ich komme!", antwortete sie erleichtert und winkte ihm zu. Dann schickte sie ein Stoßgebet nach oben: „Ob er mich versteht? Vater, hilf mir! Danke dir! Wo immer du gerade bist."

Maaryam freute sich, Abrahams strahlenden Augen zu erblicken. Sie keuchte etwas, weil sie die Düne erklommen hatte. Das Gehen im Sand machte ihr immer noch zu schaffen. „Hat er meine Gedanken empfangen?" Sie war sich nicht sicher. Aber es erinnert sie an die Art der Kommunikation mit ihrem Vater. Und er *hatte* Tee vorbereitet. Maaryam blickte sich um: Es gab einen Unterstand aus bunten Tüchern, der Schatten spendete, ein kleines Feuer und zwei einfache Gebetsteppiche, die als Sitzgelegenheit dienten.

„Ich freue mich, dass du den Weg zu mir gefunden hast.", begrüßte Abraham sie, reichte ihr einen Becher Tee und machte eine einladende Handbewegung. "Nimm Platz und iss' auch ein paar reife Datteln, sie stärken dich."

„Ja, danke, sehr gerne." Maaryam verbeugte sich ihrerseits und wartete, bis sich der Heiler einen Becher mit Tee eingeschenkt hatte. Er nickte ihr zu, hockte sich auf einen der Teppiche und schlürfte genüsslich seinen Tee.

„Ich hatte eine seltsame Nacht und muss dringend mit dir sprechen.", fiel sie mit der Türe ins Haus und setzte sich Abraham gegenüber. „Ich hoffe, ich störe dich nicht beim Nachdenken oder deiner Meditation?"

„Du störst mich niemals. Ich habe gewusst, dass du reden willst, du hast mir deinen Wunsch ja vorhin über Gedankenenergie geschickt." Er lächelte sie erwartungsvoll an.

„Ja." Sie nickte und senkte ihren Blick. Noch immer fühlte sie sich ertappt, als ob sie in seine Privatsphäre eingedrungen wäre.

„Es ist wunderbar, wenn du deine geistige Kraft auch im Alltag einsetzt. Dein Vater und ich haben immer so kommuniziert. Er sandte mir Botschaften und auch Ankündigungen, wenn er uns besuchen wollte, um Ruhe zu tanken. So wusste ich auch ohne Boten, wenn er etwas besprechen wollte. Über Gedankenkommunikation, also den geistigen Weg, haben wir auch über deine Ausbildung und Zukunft gesprochen. Doch ich musste warten, bis du mich ansprichst. Das ist nun geschehen und darüber bin ich tief im Herzen berührt. Ich fühle mich sehr geehrt." Er machte eine knappe Verbeugung mit seinem Kopf und schwieg.

Ihr schien, als wäre die Zeit stehen geblieben. Die Luft flimmerte heiß und trocken. Sie fühlte sich zu den Gesprächen mit Issah zurückversetzt, wo sie gemeinsam gesessen und die Stille genossen hatten. Sie hielt den Atem an, um den Moment zu bewahren.

Nach einer Weile nahm Maaryam einen Schluck von ihrem Tee und macht es sich auf dem Teppich gemütlich. Dann versuchte sie, ihren Atem zu beruhigen. Ja, es war, als ob sie mit Issah unter dem Olivenbaum säße. Sicherlich würde er sie gleich auf ihre fehlende Gedankenkontrolle ansprechen und den Spruch mit dem Pferd bringen. Diesmal würde sie ihr Fohlen zähmen! Sie musste unwillkürlich lächeln.

Diese Gedanken gaben ihr so viel Mut, dass sie ihren Vorsatz gleich vergaß. Das Fohlen ging mit ihr durch und sie platzte heraus: „Letzte Nacht hat mich Luzifer besucht. Im Traum, der aber dann doch echt war, denn ich brachte Gras und Schmutz mit. Er sagte einige seltsame Dinge, die mich sehr erschreckt haben. Zum Beispiel meinte er, ich hätte einen Pakt mit ihm. Ich kenne mich nun gar nicht mehr aus. Was soll denn das genau heißen? Bitte hilf mir weiter."

Abraham nahm langsam einen Schluck Tee und stellte den Becher ab. Er blickte Maaryam tief in die Augen. Still öffnete er im Raum des Blickes sein Herz für sie. Es fühlte sich an, als würde er in ihre Seele schauen und sie in seine. Ihre Herzen sprachen zueinander, in der uralten Melodie der Sterne, dann begann sich der Energiefluss der ewigen Liebe der Göttin zwischen ihnen auszubreiten. Nichts konnte einem vom anderen verborgen bleiben.

Maaryam fühlte, wie sie sich immer mehr öffnete, sie wollte gar nicht wegschauen, so sehr gefiel ihr der Moment, wo sich ihre inneren Universen miteinander verbanden und sie eins wurden. Sie blickten sich lange und tief in die Augen, die Umgebung verschwamm, die Zeit stand still. Die unendliche Liebe der Göttin und des Universums strömte zwischen ihnen wie ein Fluss. Nach einer scheinbaren Ewigkeit fingen Maaryams Augen an zu Tränen und sie schloss sie. Das trennte das Sternenband, das sie gewebt hatten.

„Ja, er hat dich für würdig erwiesen ihn zu empfangen. Das ist eine große Ehre.", brach Abraham die Stille.

„Eine Ehre?", fuhr Maaryam auf und öffnete ihre Augen. „Er hat mir Angst gemacht. Ich kenn mich überhaupt nicht aus. Wieso ist jetzt er mein Lehrer? Du sollst doch mein Lehrer sein, wozu brauche ich dann ihn? Bitte hilf mir, das alles zu verstehen.", plapperte sie aufgeregt und ungeduldig wie ein Kind.

„Dein spiritueller Unterricht hat seit Luzifers Ruf eine andere Wendung genommen. Ich will es dir berichten. Die alten Geschichten, die noch immer wahr sind, wirken für alle Zeit." Abraham goss sich frischen Tee in seinen Becher und setzte sich für die Erzählung zurecht.

„Die Geschichte begann vor sehr langer Zeit. Als Alles Was Ist oder auch Gott beschloss, etwas zu erfahren. Er teilte sich in Abermillionen von Energieteilchen, die er Seelen nannte. Und diese Seelen beschlossen, auf die Erde zu kommen, um sich hier zu erfahren. Doch dazu mussten sie sich von ihrem Licht trennen, denn nur ohne konnten sie Erfahrungen machen. Denn Licht bedeutet auch Erkenntnis und ohne es gab es auch keine Erkenntnis. Niemals hätten sie das Spiel der Dunkelheit spielen können, wenn alle lichtvoll, weise und in Liebe geblieben wären. Das war sehr spannend und sie versprachen einander, nach dem Leben zurückzukommen und sich über ihre Erfahrungen auszutauschen." Abraham blickte Maaryam an, ob sie ihm auch folgen konnte.

„Verstehst du? Wir alle kommen aus dieser einen und einzigen Quelle. Die hast du gespürt, als wir uns über die Augen verbunden haben. Und wenn du etwas erfahren möchtest, kannst du das nicht, ohne dass du auch das Gegenteil davon erfährst. Du kannst also Kälte nur als solche erfahren, wenn du zugleich weißt, was Hitze ist. Darum gibt es hier auf Erden die Dualität."

Maaryam nickte langsam. Ja, das leuchtete ein.

„Aber es gibt noch eine andere wichtige Sache.", fuhr der Schamane fort. „Die des Schleiers des Vergessens oder auch die Trennung vom Licht der Erkenntnis. Deine Seele kann keine Erfahrungen machen, solange sie im Gottesbewusstsein von Allem Was Ist ist. Denn da ist sie sich ja voll und ganz bewusst, dass ihr niemals etwas geschehen kann. Sie weiß, dass sie unsterblich - unvergänglich - ist. Du bist Energie und daher unvergänglich. Somit kann eine Seele das Spiel der Dualität nicht spielen, außer sie trennt sich vom Licht und vergisst, dass sie Teil von *Alles Was Ist* ist. Die Voraussetzung für den Aufstieg zurück in die Quelle ist, diese Trennung von unserer eigenen Göttlichkeit zu erkennen. Daher kannst du die Erfahrung der Trennung vom Licht nicht ohne die Erfahrung von Dunkelheit machen."

Maaryam nickte erneut. Schön langsam begann sich der Kreis zu schließen und sie sah klarer.

„Also musste dein Licht und dein Wissen irgendwo hin, während du es nicht benutzt. Luzifer hat sich bereit erklärt, alles Licht für uns zu hüten. Bis wir es selbst wieder zurückwollen. Forderst du es ein, muss er es dir geben. Das ist das Gesetz des freien Willens. Denn du bist eine ebenso mächtige Seele, wie alle Menschen es sind. Leider haben das viele vergessen und werden sich tausende von Jahren nicht daran erinnern. So müssen immer wieder Heiler auf die Erde kommen, die das Licht in sich tragen. So wie dein Vater und auch du. Diese Erleuchteten kommen, um alle an das Licht und die Wahrheit zu erinnern. Dadurch erinnern sich auch andere Seelen wieder und erleuchten. Das war Issahs Meisterschaft. Erlösung vom Glauben und dem Wesen der Dunkelheit durch Verinnerlichung des Lichts." Abraham setzte sich um, damit er in die untergehende Sonne blicken konnte.

„Darum lieben es die Menschen auch so, in die Sonne zu schauen. Was genau die Verinnerlichung des Lichts bedeutet, werden wir uns später noch ansehen. Daher wird Luzifer also auch Lichtträger genannt. Er trägt nicht nur dein Licht, sondern er hütet die Lichter aller Wesen, die hier auf Mutter Erde inkarniert sind.

Und das ist auch der Pakt, von dem er gesprochen hat. Ihr habt den Pakt vor deiner Inkarnation geschlossen, als du Meister Luzifer dein Licht gabst und er versprach, es für dich zu hüten, so lange und so viele Inkarnationen, wie du es wünschst. So lange, bis du deine Göttlichkeit erkennst und dein Licht zurückrufst.

Dieser Pakt muss willentlich und laut widerrufen werden, erst dann kannst du wieder aufsteigen. Erst dann beendest du das Rad der Inkarnationen. Das passiert, wenn deine Seele sich an ihre Macht erinnert. Es ist die Energie der Liebe, der Unantastbarkeit, der Reinheit sowie der göttlichen Wahrheit. Und nun bist du aufgerufen, deine innere Macht von Luzifer zurückzufordern.

Solange du das nicht tust, bleibst du ewige Schülerin. Wahre Meisterschaft bleibt dir ohne dein Licht verborgen. Und du bleibst so lange Schülerin, bis du verstehst, warum du dich mit Luzifer auseinandersetzen musst. Respektiere ihn als Herrscher der Dunkelheit und Hüter des Lichts." Er machte eine Pause, während Maaryam nachdachte.

„Wisse, dass er dir Fallen stellen wird, um dich zu prüfen. Und diese Prüfungen kommen immer unerwartet und überraschend."

Maaryam saugte seine Worte auf wie ein Schwamm. Die Neuigkeiten schwirrten in ihrem Kopf herum. Sie würde Zeit brauchen, das Gehörte in ihrem Herzen zu prüfen und zu integrieren. Schließlich fand sie in sich einen Anker und stoppte ihre Gedanken: „Vielen Dank, lieber Meister Abraham. Ich muss das jetzt erstmal verstehen und verinnerlichen. Das ist für den Moment ganz schön viel. Mein Vater hatte mir nie etwas von alledem erzählt. Ich danke dir."

Abraham dachte eine Weile nach. Dann schien er zu einem Entschluss gekommen zu sein. „Wenn du den Pakt mit Luzifer beenden und dein Licht zurückfordern möchtest, bereite dich systematisch darauf vor. Er wird es dir nicht leicht machen und dich prüfen, ob du es tatsächlich ernstmeinst. Zuerst brauchst du noch einiges mehr an körperlicher Kraft. Manche Paktlösungen dauerten mehrere Tage, in der Zeit bist du geistig auf Reisen und dein Körper stellt dir nicht nur Energie zur Verfügung, dass dein Geist reisen kann, er ist dir auch ein Anker, dass du wieder zurück findest. Und dann musst du einiges an geistigen Fähigkeiten erlernen und verfeinern. Wenn du ausreichend vorbereitet bist, wirst du es eines Tages tief in dir fühlen, dass der Zeitpunkt der Paktlösung gekommen ist. Dann geh und rufe Luzifer, er soll dir dein Licht zurückgeben und danach sehen wir weiter. Er wird kommen, so wie Issah gekommen ist - wenn du deine Absicht klar definierst." Als er ihren verstörten Gesichtsausdruck sah, lächelte er ihr beschwichtigend zu. „Nun, dein Unterricht hat mit einem Paukenschlag begonnen. Und ich kann dir vorhersagen, dass es so weitergehen wird. Aber du bist niemals alleine, wir alle stehen dir zu Seite. Sei gesegnet, meine Tochter des Herzens. Geh nun und meditiere auf deinem Kraftplatz. Lege dich in die Arme der großen Göttin und du wirst Frieden finden. Ich sehe dich." Mit einer angedeuteten Verbeugung beendet er den Unterricht.

Maaryam erkannte, dass es jetzt an der Zeit war, den Meister zu verlassen. Daher verbeugte auch sie sich und dabei erfuhr sie das erste Mal in ihrem Leben den Sinn einer solchen Geste. Sie anerkannte damit die Größe ihres neuen menschlichen Lehrers voller Ehrerbietung. Es war ein beruhigendes Gefühl, nicht allein zu sein.

Als sie sich auf den Heimweg machte, lag die Sonne schon hinter einem schmalen blauen Band am Horizont. Sie beeilte sich, um nicht in die Dunkelheit zu kommen. Dabei dachte sie immer noch völlig überwältigt über die große Aufgabe nach, die vor ihr lag: „Wenn ich nur wüsste, wie das geht! Luzifer um mein Licht bitten ..."

Gerade rechtzeitig vor Einbruch der Dunkelheit kam sie zurück zum Zeltplatz. Die letzten Meter hatten ihr die Abendfeuer den Weg gewiesen. „Hatte es schon einmal einen Tag mit noch mehr Herausforderungen gegeben?", grübelte sie.

Nur einen, das war der Todestag ihres Vaters gewesen. Ob diese Wunde jemals heilen würde? Sie verdrängte die aufsteigende Wehmut, denn Lias Feuer kam nun in Sicht.

„Ich hoffe es und lege meinen Schmerz in die Arme der Erdgöttin. Lady Gaia umarme mich.", sprach Maaryam ein kurzes Gebet und fühlte sofort Liebe und Zuversicht durch ihre Adern fließen.

Und mit diesem Gefühl der absoluten Geborgenheit begrüßte sie ihre Freundin herzlich und setzte sich zu ihr ans Feuer. Ehe sie die Schüssel mit der Suppe nahm, die ihr gereicht wurde, dachte sie: „Luzifer und ich - eng verbunden - hmmm, was das wohl genau bedeutet?"

Doch als sie den ersten Löffel in den Mund schob und die vielfältigen Aromen zahlreicher Kräuter auf der Zunge explodierten, waren alle Gedanken vergessen.

Der Pakt und seine Verträge

In den nächsten Tagen fanden einige weitere Treffen zwischen Abraham und Maaryam statt. Wenn sie zusammen gesehen wurden, störten sie die Blicke der Dorfbewohner immer weniger. Es war, als würde die Neugier der anderen abflauen. Lia kümmerte sich liebevoll um ihren Schützling und päppelte die magere junge Frau auf, indem sie ihr Leckerbissen zusteckte, wo sie nur konnte. All das ließ Maaryam aufblühen, und langsam verlor ihr Gesicht die verhärmten Konturen.

Abraham beobachtete, dass der spirituelle Prozess, den Luzifer ohne Vorankündigung verstärkt hatte, deutlich voranging. Sie übten den Geist zu zähmen, Gedankenkontrolle, Gedanken- und Energieübertragung, Mentalreisen, Visionen empfangen und zahlreiche andere Werkzeuge, die eine Heilerin auf ihrem Lebensweg brauchen würde. Alle Übungen[2] notierte sich Maaryam in ihrem Buch, um sie selber üben zu können. Denn damit eine Fähigkeit wirklich Nutzen bringt, braucht es viele Stunden Praxis. Andere Unterrichtseinheiten wirkten wie gestreute Samen, um sie nicht zu überfordern. Das übernahmen sowieso schon die überfallartigen Botschaften und Besuche Issahs aus der geistigen Welt. Immer wenn Maaryam eine neue Erkenntnis hatte, freute sich Abraham aus tiefstem Herzen mit ihr.

Er sah, dass sie vorankam, aber er wusste, dass ihr Einiges an Übung und Technik fehlte. Er nahm sich daher vor, mit ihr über eine Verlängerung ihres Aufenthaltes zu reden. Denn die Wüste und die Abgeschiedenheit verstärkten ihre Seelenentwicklung.

Doch es kam anders. Eines Abends beim Sonnenuntergang, sie hatten sich bei den Feuern versammelt, der Himmel ein orangelila

---

2   Nachzulesen in „The Next Level of Meditation" von E.F. Schanik

Farbenmeer, wandte sich Maaryam um und blickte ihm fest in die Augen: „Heute ist es soweit. Ich bin bereit für Luzifer!" Voller Freude umarmt sie ihren Lehrer spontan.

Abraham war perplex. Das hatte er nicht erwartet. „Zur Paktlösung?!", fragte er unsinnigerweise.

„Ja!", sie lachte. „Ich habe meinen Auftrag nun verstanden und integriert. Es waren äußerst lehrreiche Wochen seit dieser Traumvision. Ich will aus ganzem Herzen eine gute und wahrhaftige Heilerin werden und möchte den Menschen aus ihrer körperlichen und seelischen Hölle helfen. Ich habe auch verstanden, dass die Trennung hier auf Erden jede völlige Genesung verhindert. Die Gesundheit auf allen Ebenen herzustellen, das ist das Wichtigste. Da ich die körperliche Seite schon heilen kann, konzentriere ich mich nun auf die geistige Gesundheit. Um das zu erreichen, muss ich mich zuerst selber befreien. Mein Vater sagte mir gestern in einer Vision, es gäbe nichts, wovor ich mich fürchten müsse. Er ist immer in mir. Und ich kann jederzeit auf seine Kräfte zugreifen. Er hat mir gezeigt, wie."

„Du hast mit Issah gesprochen!" Abraham nickte. „Wie geht es ihm so in der anderen Welt?" Er lachte.

Maaryam stupste ihn leicht an und lächelte ebenfalls. „Ja, gestern sprachen wir. Wir können nun nachts wunderbar miteinander reden. Nicht immer schickt er mir Worte, manchmal sind es auch Bilder oder Visionen. Die muss ich dann erst verstehen lernen." Sie runzelte leicht die Stirn.

„Er sagte, er nimmt seinen Auftrag als Weltenlehrer an und dient der Menschheit aus dem geistigen Raum. Körperlich wird er nicht mehr inkarnieren. Er meinte, er hätte alles getan, was getan werden muss."

Maaryam wandte sich dem Feuer zu und rieb ihre Handflächen aneinander. Der Sonnenuntergang vollzog sich hier immer rasch und sobald die Sonne weg war, wurde es empfindlich kühl.

„Jetzt geht es um die spirituelle Entwicklung jeder Seele.", fuhr sie fort und nahm dankbar einen Becher heißen Tee entgegen, den Lia ihr reichte. „Diese Entwicklung muss aber jedes Wesen alleine gehen. Das Ziel ist das vollkommene Leben des Christusbewusstseins."

Abraham strahlt seine Schülerin glücklich an. „Das hat er dir alles erzählt? Ich sehe dich schon als Meisterin unterrichten. Du überraschst mich immer wieder. Du bist großartig!"

Auch er nahm einen Becher Tee und legte beide Hände um ihn. Er starrte einige Momente in die heiße Flüssigkeit und sog genüsslich den Dampf ein. „Möchtest du meinen Meditationsplatz für die Begegnung mit Luzifer?", fragte er langsam.

Maaryam dachte eine Weile nach. „Danke, das ist sehr lieb von dir. Aber ich suche mir einen eigenen sicheren Platz in der Wüste. Ich bin mir noch nicht sicher, wo das sind wird. Vielleicht bei einer Wasserstelle oder unter Felsen. Ich werde morgen losziehen und ein paar Tage unterwegs sein, um den perfekten Platz zu finden. Ich will, dass mich mein Vater zu genau der Stelle führt, an der ich am stärksten bin. Und wenn ich in Trance gehe und achtsam bin, wird der Ort mich rufen."

Abraham staunte nicht schlecht über Maaryams plötzliche Entschlossenheit. Sie *fragte* nicht, ob sie auf Wanderung gehen dürfe, sie beschloss es. Die Ereignisse der letzten Monate hatten sie geprägt, sie war mittlerweile erwachsen geworden. Und schneller, als er es zu Beginn vermutet hatte. „Auch wenn du nicht danach gefragt hast, hiermit hast du meine Erlaubnis.", lächelte er. „Sehr gerne kannst du dich auf Kraftplatzsuche begeben. Es sollte nur nicht zu weit von der Oase sein." Er überlegte kurz. „Außerdem wird Lia dich begleiten, damit du nicht zwischen den Dünen verloren gehst oder vergisst, zu essen. Außerdem gebe ich euch einen Krieger der Wüste mit, der euch beschützt."

Und weil er sah, dass Maaryam widersprechen wollte, fügte er abschließend hinzu: „Beide kennen sich mit den Begebenheiten der Wüste besser aus als du. Alleine sollte man nie in die Dünen gehen, wenn man sie noch nicht kennt! Oder erkennst du die Anzeichen eines Sandsturmes und weißt, wie du dich zu verhalten hast?"

Er schaute sie prüfend an und sie schluckte ihre Widerworte hinunter. „Aber ich …", murmelte sie leise. „Nein, du hast sie noch nicht, die komplette Macht deines Vaters." Er blickte sie streng an und sie senkte den Blick, denn sie hatte vergessen, ihre Gedanken zu schützen. Das war eine der Lektionen, die sie täglich mit Abraham übte, und sie machte nur langsam Fortschritte darin. Sie sei zu impulsiv, sagte er, wenn er wieder einmal in ihr gelesen hatte, wie in einem Buch.

„Es mag sein," holte er sie jetzt zurück ins Gespräch, „dass du Issahs Kräfte zeitweise nutzen kannst, aber du bist alleine schon körperlich noch nicht vollkommen hergestellt, um die Wanderung alleine anzutreten. Geschweige denn, Issahs Energie zu halten." Er setzte eine grimmige Miene auf und hoffte, dass sie sich damit begnügen würde. Innerlich musste Abraham lächeln. „Ja, natürlich war er oft in der Wildnis gewesen, alleine, doch Issah war ja Issah."

Beschämt wandte sie sich von ihm ab, ein aufmüpfiger Teil in ihr raunzte: „Bin aber gespannt, wann ich endlich alleine in die Wüste darf!"

Sie blickte sich nach Lia um, der sie sofort von ihrem Plan erzählen wollte. Denn wenn sie es bestimmen könnte, wären sie morgen Früh schon losgezogen.

Doch so sehr Lia sich über den Ausflug freute und dass sie wieder einmal in die Wüste kam, sie mussten die Suche nach dem Kraftplatz um einige Tage verschieben: „Morgen habe ich schon einen Heilauftrag zu erfüllen und außerdem muss auch alles vorbereitet und eingepackt werden. So schnell geht das nicht.", bremste sie die junge Frau. Maaryam wollte schon mit dem Fuß aufstampfen vor lauter Ungeduld, fing sich aber gerade noch. Das waren nun wirklich Marotten aus der Kindheit, die nicht zu einer mächtigen Heilerin passten. Also atmete sie ein paar Mal durch, um sich zu beruhigen. Was machten zwei Tage mehr aus, sie würde die Zeit sicher zu nützen wissen.

~*~

Ihr Beschützer war äußerst höflich. Er wirkte unheimlich stark und trotzdem in sich ruhend: „Ich bin Utaah und werde dich begleiten. Abraham hat mir gesagt, du willst ein paar Tage in die Wüste. Ich werde in den Nächten wachen, damit du in Ruhe schlafen kannst. Du kannst dich ganz auf mich verlassen. Für die Reise brauchen wir drei Kamele und die leichte Ausrüstung für Wüstenmärsche. Zelte, Decken, Feuerholz, Wasser, Proviant und noch so einiges mehr. Ich werde mich mit Lia besprechen und wir werden alles fertig haben. Wann willst du reisen?"

Maaryam blickte staunend zu ihm auf, er war so groß! „Danke, dass du da bist. Ich will so früh wie möglich losreiten, am liebsten schon morgen, aber Lia hat noch zu tun und sie sagt, es dauert länger, um alles beisammen zu haben. Dann reisen wir übermorgen gleich in der Früh, wenn es noch nicht so heiß ist."

„Wie du möchtest." Utaah nickte, verabschiedete sich und ging, um alles vorzubereiten.

Maaryam jubelte innerlich. Und sie gab Abraham Recht: „Irgendwie ist es doch schön einen Krieger bei sich zu haben und ja, es stimmt, ich kenne die Wüste nicht wirklich. Aber ich will sie erforschen, wie es mein Vater getan hat, damit sie eines Tages meine Freundin wird. Irgendwann werde ich sie dann ganz alleine genießen."

Ihr Herz hüpft vor Freude. Der nächste Tag verging zäh, wie Weihrauch, wenn man ihn zu lange kaute. Aber sie geduldete sich, aß reichlich, um Kraft zu tanken, und sah Utaah zu, wie er die Kamele zur Tränke führte und die Ausrüstungsgegenstände verpackte. Sie half Lia, den Proviant und die Küchengeräte einzupacken. Und sie absolvierte ihre täglichen spirituellen Übungen und Meditationen. So verging der Tag doch noch und sie freute sich auf den Schlaf, auch er würde die Wartezeit verkürzen. Aber in der Nacht konnte sie dann kaum Ruhe finden. Immer wieder ging sie ihren Plan im Geiste durch, wie sie die Paktlösung durchführen würde.

Ihr Mantra wurde: „Meine Trauer ist wie weggeblasen, denn ich wandle auf den Spuren meines Vaters, Issah. Dabei fühle ich mich ihm wieder so nahe wie nie zuvor. Ich werde Luzifer herausfordern und meinen Pakt lösen."

Da huschte ein winziger Gedanke durch ihren Kopf: „Hatte ein Pakt nicht mehrere Verträge?" Aber als sie ihn greifen wollte, um darüber nachzudenken, löste er sich wie Rauch im Wind auf und sie schlief doch noch ein.

Sie würde das vom Meister der Dunkelheit selbst erfahren. Irgendwann ...

Ein besonderer Kraftplatz

Am nächsten Morgen musste Lia Maaryam dann aufwecken, so tief schlief sie. Es war noch dunkel, die Zeit vor dem Sonnenaufgang, wo der Himmel langsam heller wurde. „Aufwachen, meine Liebe, wir müssen los, damit uns die Mittagshitze nicht unsere schönen Gesichter verbrennt.", flüsterte ihr Lia ins Ohr.

Schlagartig erwachte Maaryam, rieb sich die Augen und gähnte. Dann fiel ihr ihr Vorhaben wieder ein, und ein Schwall Energie rauschte durch ihre Adern. Endlich! Sie schwang ihre Beine mit Elan aus dem Bett und stand auf. Rasch waschen, ihre Wüstenkleidung anziehen und schon wollte sie aus dem Zelt stürmen. Doch Lia, die den Hitzkopf mittlerweile kannte, hatte das erwartet und hielt sie zurück. Sie musste etwas essen.

Widerwillig fügte Maaryam sich Lias Forderung, trank einige Schlucke warmen Tee, stopfte sich eine Dattel in den Mund und trat ungeduldig auf der Stelle, um den Kern herauszupulen. Das Fladenbrot mit den Oliven ließ sie sich einpacken, dazu hatte sie jetzt keinen Nerv. Ihr Magen war wie zugeschnürt.

Dann endlich waren sie fertig und gingen auf den Kamellagerplatz, wo Utaah mit den bepackten Lasttieren schon wartete. Jedes Kamel hatte ein Bündel Decken und sonstige Ausrüstungsgegenstände auf dem Rücken. Abraham war auch da und gab ihnen seinen Segen. Nachdem die Reiter aufgestiegen waren, erhoben sich die Tiere majestätisch unter ihrem üblichen Gebrumm. Der Heiler lächelte und schickte Maaryam einen Gedanken: „Sie erinnern mich an dich, brummig, aber letztendlich tun sie doch, was man von ihnen möchte." Sie musste widerwillig lachen, als sie die Worte empfing. Ja, Abraham hatte Recht, sie war manchmal schwerfällig wie ein Kamel.

Gemächlich setzte sich die kleine Truppe in Bewegung, die Sonne war schon ein Silberstreifen am Horizont und würde sie leiten. Maaryam liebte die Stärke und Langsamkeit dieser Tiere, die mit träumerischem Blick in die Welt schauten. Sie wusste, sie ließ einen Teil ihres Lebens zurück, denn wenn sie hierher zurückkam, würde sie ein anderer Mensch sein. Das brachte sie in eine seltsame Stimmung.

Ehe sie die Oase verließen, warf sie einen Blick zurück. Die Weite des Rastplatzes, Kamele, die ruhten, schlafende Schafe und einige Hunde, die den verlassenen Feuerplatz nach Resten vom Abendmahl absuchten. Mit einem Mal wusste sie, was sie fühlte - es war das Abschiedsgefühl von der Heimat.

Sie ritten eine Weile in der Morgendämmerung dahin. Maaryam genoss es, wieder unterwegs zu sein. Endlich kam sie in ihre alte Kraft zurück. Ihr Ego wünschte sich nur mehr selten, bei ihrem Vater zu sein. Sie wusste, dass seine Liebe und unendliche Weisheit für immer in ihr sein würde. Auch wenn sie den Samen seines erhabenen Bewusstseins noch nicht zur Gänze verstand. Vieles, was er ihr in ihren Träumen und Visionen übermittelte, klang sehr kryptisch in ihren Ohren und verwirrten sie in diesen Momenten mehr, als es ihr nützte.

Zu ihrem Glück war ihr das Vertrauen in die ewige Führung der geistigen Welt schon in die Wiege gelegt worden. Unauslöschlich brannte es in ihrem Herzen und diente ihr als Kompass bei ihren spirituellen Arbeiten. So oft hatte sie ihre Eltern beobachtet, wie sie Heilung erwirkt hatten. Dieses Gesundwerden, das durch die Kraft der Spirits gelang, bezeichneten die Menschen als Wunder. Das kam daher, dass die meisten Heiler die Macht der Seele vergaßen. Sie kümmerten sich ausschließlich um das Wohlsein des Körpers, wodurch das Ganzwerden nicht vollständig geschah. Nichts kann *Eins* sein, wenn ein Teil vergessen wird.

Die Sonne erhob sich nun mächtig über den Horizont und nahm an Geschwindigkeit auf. Maaryam blinzelte und hörte plötzlich die Stimme ihres Vaters: *„Die Seele führt. Sie kann niemals nicht anwesend sein. Manchmal hören wir nur die leisen Töne ihrer Hinweise nicht. Deswegen sollten wir still werden. Dann kann die himmlische Weisheit jeder Seele lauter erklingen."*

Sie nickte, diesen Satz musste sie sich sofort in ihr Buch notieren. Sie kramte in ihrer Tasche und fischte das Notizbuch und einen Stift heraus. Glücklicherweise gingen die Kamele so langsam, dass sie sich ein paar Stichworte aufschreiben konnte. Noch ein weiterer Satz kreiste ihr schon seit den Morgenstunden durch den Kopf: *„In jeder Dunkelheit wohnt auch das Licht. Suche daher das eine, dann wirst du das andere finden. So brauchst du vor nichts Angst zu haben."*

Auch das schrieb sie sich auf. „Hmm, was das genau bedeutet? Ich soll die Dunkelheit suchen? Und mich dann auf das Licht in ihr konzentrieren. Das Dunkle transformieren und mich befreien? Wie soll ich denn das machen?" Sie biss sich auf die Lippen und blickte nachdenklich in die frühe Morgensonne.

Lia riss Maaryam aus ihren Gedanken. „Nun, Liebste, schau dich hier einmal um. Sieh, hier ist ein herrlicher Platz mit blühendem Baum, einer Höhle und Felsen, die uns Schutz geben vor den Winden. Was meinst du? Willst du diesen Ort erforschen?"

Und wirklich, der Platz schien in seiner Schlichtheit perfekt. Weit genug weg vom großen Lagerplatz, sie waren kaum eine Stunde geritten, und doch nicht zu tief in der Wüste drinnen.

Die Höhle schien etwas Anziehendes zu haben. Und, ja, da war die Dunkelheit! Dies musste der rechte Platz sein, darum hatte sie gerade jetzt die Stimme ihres Vaters vernommen! Maaryam lächelte glücklich und beschloss: „Das soll mein Kraftplatz sein." Die Suche endete, ehe sie begonnen hatte.

Also schlugen die drei Gefährten ihr Lager auf. Utaah hieß die Kamele, sich niederzulegen, damit er sie entladen konnte. Bald war ein Zelt aufgestellt, mit Teppichen ausgelegt und mit Decken für die Ruhestätten. Abschließend hängte er rote Tücher als Windschutz auf die Äste des nahen Baumes. Lia machte Feuer und zauberte einen herrlichen Tee.

„Ich koche Minze und Kardamon. So können wir uns innerlich abkühlen und der Hunger bleibt auch fern. Wie viel weißt *du* über die Kraft, die in den Pflanzen steckt?", wollte Lia von Maaryam wissen.

„Ich habe viel von meiner Mutter gelernt. Doch bei uns gab es andere Kräuter als hier. Manche haben Händler aus fernen Ländern mitgebracht. Die tauschten wir gegen unseren Salbei, Zimt oder Kardamon. Das war dann etwas ganz Besonderes." Maaryam ging im Geiste in ihren Heimatort. „Nichts wurde jemals verschwendet. Die besten Heilsalben und Tinkturen wurden im Keller verschlossen und gehütet wie ein Schatz."

Lia freute sich, dass sie durch das Heilwissen über Pflanzen miteinander verbunden waren. Sie wollte noch weiter fragen, doch da bemerkte sie, dass Maaryam abwesend wirkte. Irgendwas beschäftigte die Freundin, ihre Antworten waren anders. Sie antwortete zwar gehorsam, war aber nicht ganz bei der Sache.

Da Lia sehr einfühlsam war, stellte sie keine weiteren Fragen mehr. In ihrer Kultur war es unhöflich, wenn man sich in die Kontemplation - die Verinnerlichung eines anderen einmischt. Sie nahm sich daher zurück und begann mit dem Aufbacken der Fladenbrote und dem Zubereiten unterschiedlichster Gemüsesorten. Da Maaryam kein Fleisch aß, hatte sie etwas mehr frische Früchte und reife Datteln eingepackt. Alles richtete sie mit Liebe her. Sie kannte den Zustand, in dem sich die Freundin befand: Einerseits brauchte sie die Leichtigkeit, um mit der Seele in Kontakt zu bleiben, andererseits benötigte der Körper reichhaltige Nahrung, damit sie geerdet blieb.

Lia fragte sich, was der wirkliche Grund war, einen einsamen Platz zu suchen. Maaryam hatte sich sehr bedeckt gehalten, und auch Abraham wollte nicht mit der Sprache herausrücken. Das war etwas, das ihr Schützling alleine erwirken sollte.

„Hmm", sinnierte Lia, „wollte sie mit der Seele ihres Vaters Kontakt aufnehmen? Oder wollte sie mit der Energie der Wüste meditieren, um wieder mehr spirituelle Verbindung zu haben? Ich werde es zum richtigen Zeitpunkt wissen.", beruhigte Lia ihre innere Neugierde.

Irgendwie spürte sie, dass etwas Neues in der Luft lag. Sie konnte es noch nicht in Worte fassen. Trotzdem war es spürbar. Maaryams Welt würde sich sehr bald verändern.

Diese war so in Gedanken versunken, dass sie Lias Neugierde nicht bemerkte. Nun schien sie zu einem Entschluss gekommen zu sein, denn plötzlich verkündete sie mit klarer Stimme: „Ich will in die Höhle gehen und meditieren. Dazu werde ich nur Wasser und meine Öllampe mitnehmen. Bitte wartet nicht mit dem Essen auf mich. Macht euch auch keine Sorgen, wenn es länger dauert. Da drinnen bin ich bestens beschützt." Sie nahm einen Schluck aus ihrer Flasche, stand auf, rollte Sitzteppich und Decken zusammen und schulterte beides selbstbewusst. Dann winkte sie Lia leicht mit der Teppichrolle zu und marschiert mit kraftvollen Schritten auf den Eingang der Steinhöhle zu.

„Gut, aber wenn es zu lange dauert, werde ich nach dir sehen!", rief Lia. Maaryam winkte ihr über die Schulter zu und verschwand in der Höhle. „Wahrlich, das ist die Tochter des großen Heilers Issahs. Sie ist genau wie er. Wenn er etwas wollte, brachte ihn auch nichts davon ab.", wandte sie sich Utaah zu. Dieser nickte bedächtig. „So ist sie tatsächlich seine Tochter, wie man es sich erzählt?"

„Ja, das ist sie, aber du darfst sie nicht darauf ansprechen. Sie ist hier bei uns, um zu trauern. Danach wird der Meister selber durch sie sprechen. Auf diesen Moment warten hier alle Wissenden. Niemand darf ihr Druck machen oder vorher Fragen stellen. Das muss sich ganz alleine entwickeln. Ich denke, dass wir in diesem Zusammenhang hier sind. Ihr Kanal wird Stück für Stück von allen überflüssigen Belastungen frei gemacht."

Lia hatte ihr Mahl auf einem flachen Felsen ausgebreitet wie auf einem Tisch und bat Utaah mit einer Geste, Platz zu nehmen. Nachdem sie sich beiden Tee in die Becher gegossen hatte, setzte auch sie sich.

„Ziel ist, dass sie die Nachfolge der Sternengeborenen hier auf Erden antritt. Sie weiß aber noch nicht genau, was sie erwartet. Ich weiß es auch nur von Abraham. Vor vielen Monden war Issah längere Zeit bei ihm. Er hatte ihm erzählt, was passieren und dass Maaryam durch die Kraft der Wüste eingeweiht würde.

Die Heilkraft der Wüste ist unendlich. Die Verbindung zu den höchsten Spirits ist hier viel stärker als sonst wo. Deswegen sollte sie hier bei uns wohnen. Ihr vollkommenes Erwachen wird mit jedem Tag mehr gefördert, den sie bei uns ist." Lia nahm eine Mango und schnitt sich eine Scheibe ab. Genüsslich kostete sie und saugte das köstliche Fruchtwasser heraus. Dann reichte sie Utaah den Rest der Frucht.

Er nahm sie mit einem Kopfnicken an. „Wird ihre Gabe, die der Seherin und Heilerin durch Christus eines Tages voll und ganz durchbrechen?", fragte er.

„Ja, Maaryam soll Issahs Werk weitertragen. So wie alle Sternengeborenen diesen Auftrag in sich tragen." Lia nickte. Dann schnalzte sie mit der Zunge.

„In vielen ihrer zukünftigen Leben werden schwere Prüfungen auf sie zukommen. Die Mächte der Dunkelheit beobachten sie. Sie wird niemals frei sein von den Provokationen und den ungerechten Forderungen der anderen Mächte.

So ist es nur gut, dass sie jetzt schon Handlungswerkzeug bekommt und lernt, mit den hohen Energien umzugehen. Andere könnten damit in diesen jungen Jahren noch nicht umgehen. So viel Macht wird nur einer wachen und sehr reifen Seele übergeben. Doch das Strahlen in ihrer Aura durchdringt die tiefsten Unterwelten.

Diese Wesen fürchten sich heute schon, wenn der Christus in ihr durchbricht. Sie wird die Aufgabe haben, die Lügen der Welt an die Oberfläche zu bringen. Durch Maaryams Licht werden sie in den heiligen Flammen gereinigt, und alle werden erkennen, was sie getan haben."

Sie schwiegen eine Weile. Jeder blickte auf andere Weise auf den Weg der jungen Frau und fühlte sich in diesem Moment von den Vorboten der Ereignisse in tiefster Seele berührt. Lia traten die Tränen in die Augen. Ihr Herz floss über mit Liebe, wenn sie an den schwierigen Weg dachte, den Maaryam vor sich hatte. „Die Göttin sei mit dir!", rief sie der jungen Frau in Gedanken zu.

So war der Weg der jungen Heilerin gezeichnet. Issah hatte all seinen Kindern die Samen der Sternensaat in ihre Zellen gelegt. Leider waren nicht alle den Herausforderungen gewachsen, die damit zusammenhingen.

So sollte Maaryam es sein, die den Herrn der Unterwelt entmachtete. Sie würde dadurch neu geboren und diese Neugeburt ihrer Seele im ewigen Licht der Menschheit zeigen. So würde sie ein Vorbild werden. Ihr Weg würde tausenden von Menschen Mut machen, die eigene Seele zu befreien.

„Wir müssen nur noch etwas warten, bis sie sich selbst im Licht vollkommen neu geboren hat.", unterbrach Lia die Stille. „Dann erst ist sie unangreifbar und die Dunkelheit verbrennt in ihrer Gegenwart."

Während sie diese Worte sprach, begann Lia aus sich heraus zu leuchten. Ihre Augen strahlten mit einer nie dagewesenen Kraft. Ihre Lippen lächelten wissend. Es schien wie eine Botschaft aus einer anderen Welt. Utaah saß wie gebannt, auch er fühlte eine starke Energie, die wie ein wohliger Schauer über seinen Rücken lief.

Was die beiden nicht wussten, Issah stand hinter ihnen und schickte genau diese Wahrnehmung durch seine unendliche Liebe und Dankbarkeit. Er war glücklich, seine Tochter im Kreis dieser liebenden Menschen zu sehen. So wusste er, dass alles gut werden würde. Er sprach seinen Segen über die beiden am Feuer und entschwand wie ein kühlender Windhauch, um der Seele seines Kindes beizustehen.

Sie hatte eine große Begegnung vor sich. Die nächsten Stunden entschieden über ihren Weg. Doch er würde sie den Kampf nicht ohne seinen Schutz ausfechten lassen. Er würde da sein. Still und im Hintergrund würde er auf sein Sternenkind Maaryam aufpassen, jeden ihrer Schritte überwachen und nötigenfalls einschreiten - denn er hatte ihr versprochen, dass er sie aus allen Dimensionen beschützen würde.

Er wusste ja, wer auf sie in dieser Höhle wartete ...

So war das nicht geplant

Maaryam war am Eingang der Höhle angelangt. Vorsichtig machte sie einen Schritt hinein und wartete. Sie hatte keine Lust, einer wütenden Wüstenfuchsmutter gegenüberzustehen. Oder gar einem Wolf. Sie schnupperte und prüfte die Luft, ob sie Aasgeruch wahrnehmen konnte, aber es roch nur nach Staub und langer Trockenheit. Sie seufzte erleichtert und kniete nieder, um ihre Öllampe anzuzünden. Dann ging sie langsam in die Dunkelheit hinein, damit sich ihre Augen an das Dämmerlicht gewöhnen konnten. Die Höhle schien nicht tief, dennoch nahm sie einen feinen Luftzug wahr. Irgendwo befand sich ein Spalt, durch den Luft hereinkam. Deswegen also war sie nicht bewohnt. Es war zu zugig für kleine Fuchswelpen.

Sie hielt die Lampe über ihren Kopf, um nach einem Platz Ausschau zu halten, der ihr Schutz bieten würde. Ideal war, wenn sie in ihrem Rücken eine Wand hatte. Am Fuße einer der Seitenwände sah sie es hell schimmern. Dort schien der Boden sandig zu sein. Gut, so würde sie nicht auf dem harten Boden sitzen.

Maaryam ging zu dieser Stelle und wirklich, feinster Sand hatte sich in einer Mulde unterhalb der Felswand angesammelt. Sie stellte ihre Lampe ab und breitete sorgsam ihren Teppich aus. Dann sah sie sich um: ein vortrefflicher Platz, ihre Absicht zu vollenden.

Der Eingang lag etwas hinter einer Felsnase verborgen und so kam nur wenig Licht zu ihr. Sie nickte zufrieden und wickelte sich in ihre Decke, ehe sie sich setzte. Das würde genügen. Sie wollte kein Feuer machen, brauchte aber dennoch Wärme. Ihr Körper würde rasch auskühlen und sie wusste nicht, wie lange sie in Trance verweilen würde, bis der Pakt aufgelöst werden konnte. Wie viel Überredungskunst sie brauchen würde. Sie lächelte geheimnisvoll: „Ich hoffe es geht rasch!", flüsterte sie.

Sie schloss ihre Augen und verlangsamte ihre Atmung. Ihre Atemzüge wurden tiefer, ihr Herz schlug langsamer und die Wahrnehmung der Außenwelt trat mit jeder Ausatmung mehr zurück.

Jetzt kamen ihr die vielen Stunden Übung zugute, ihr Körper erinnert sich an die erlernten Techniken. Sie hatte gelernt, ihren inneren Bildern zu vertrauen, und so folgte sie einfach ihrer Hellsichtigkeit. So war sie bald tief in ihre eigene Welt getaucht. Zuerst erschuf sie ihren Kraftplatz[3] auf der Wiese, denn dort war sie ihm das erste Mal begegnet. Sie legte einen großen Steinkreis, den goldenen Schutzkreis drum herum und ihr Lebensfeuer in die Mitte der Kreise. Da sie Olivenbäume liebte, stellte sie sich einige dieser silbernen Wächter rund um den Kreis. Sicher ist sicher, dachte sie.

Den dicksten und mächtigsten Baum ließ sie innerhalb des Schutzkreises wachsen, er war das Ebenbild des Baumes im Garten ihres Elternhauses. An seinen Stamm lehnte sie sich und begann ihre Anrufung.

Großer Geist und ewige Göttin der Erde. Ich rufe euch.
Ich bin gekommen, um den Herrn der Unterwelt zu treffen.
Ich will meinen Pakt mit der Unterwelt lösen und mein Licht
zurückrufen.
Ich rufe den Hüter meiner Seele, alle Ahnen besonders meinen
Vater Issah.
Alle Kräfte der weiblichen Ahnenreihe.
Alle Kräfte der männlichen Ahnenreihe.
Ich bitte Erzengel und Hüter der Erde Michael um den höchsten
Schutz.
Ich bitte den Arzt Gottes Hüter Erzengel Raphael um Hilfe.
Ich bitte alle lichtvollen Wesen, die mich nun begleiten wollen
und können um Unterstützung.
Die Wesen des Lichts umgeben mich.
Im Licht bin ich geboren, im Licht lebe ich, ich Licht sterbe ich.
Mein Licht bleibt ewig.
Aus der Sicht der Ewigkeit.
Für die Ewigkeit
Aus der Sicht des Schöpfers ohne Anfang und Ende.

---

3   Siehe „The Next Level of Meditation – 1. Audio

Schenkt mir göttliche Weisheit, um diese Prüfung zu bestehen.
Danke, so sei es.

Sie fühlte rund um sich und wartete, bis sie die Anwesenheit ihrer spirituellen Unterstützer spüren konnte. Ihre Präsenz spürte sich an, wie wenn die Sonne aufging und ihre Körper in warmes Licht tauchte.

Der Kreis der Heiler der Essener (eine spirituelle Glaubensgemeinschaft aus vergangenen Tagen) trat hinzu. Sie hörte seine Worte. „Jede Prüfung hat einen Anfang und ein Ende. Der Anfang war der Tod deines Vaters Issah. Jetzt ist Zeit, dass du das Tal der Trauer verlässt, damit du dich deiner Aufgabe stellen kannst. Suche die Wahrheit in der Dunkelheit! Dann hat sie keine Macht mehr über dich!"

Nun nahm Maaryam eine besondere Aufregung wahr. Irgendetwas hatte sich verändert. In ihre Vision trat gleißendes Licht. Unbeschreiblich hell. Obwohl sie ihre Augen geschlossen hatten, tränten sie. Aus diesem erwuchs ein mächtiges, geflügeltes Wesen, das sie sofort erkannte. Der Herr der Unterwelt, Lord der Dunkelheit, Meister dieser Erde: Luzifer. Er blickte sich um und lächelte, als er sie wahrnahm. Mit einem leichten Nicken seines Kopfes begrüßte er sie.

Maaryams innere Augen ertrugen das Licht nicht mehr und sie blickte zu Boden. Das missfiel ihr, so sah sie unterwürfig aus. Sie wollte sein Auftreten schon kommentieren, doch dann besann sie sich, knirschte mit den Zähnen und sprach:

„Ich grüße dich, Herr der Unterwelt. Ich bin heute zu dir gekommen, denn ich will den Pakt, den ich vor Anbeginn der Zeit mit dir geschlossen habe, lösen. Vielen Dank, dass du mein Licht bis hierher gehütet hast. Doch jetzt rufe ich meine Macht zu mir zurück und bitte dich, mich aus dem Pakt zu entlassen." Sie hob den Kopf und blickte ihm fest in die Augen, Tränen oder nicht.

„Ich kann dich nicht entlassen, meine liebste Schülerin aller Welten." Luzifer schüttelte mitleidig den Kopf. Als Maaryam aufbegehren wollte, hob er die Hand, um sie zu schweigen zu bringen.

„Aber ich kann dir dein Seelenlicht zurückgeben. Und dein Wunsch ist mir Befehl.", lächelte er und der Schalk blitzte aus seinen Augen.

„Doch ehe ihr euch wieder vereinen könnt, wisse folgendes: Es war deine Bestimmung, dein Seelenlicht abzugeben und dein Wille, den Pakt zu schließen. Seit Anbeginn der Zeit hüte ich die Seelenlichter. Jede Seele reduziert ihre Macht, ihr Wissen und ihr Können, damit sie das Spiel der Dunkelheit überhaupt spielen kann. Niemals hättest du die Erfahrungen gemacht und niemals wärst du ohne sie so weit gekommen, wie du jetzt bist! Nur ohne dein Seelenlicht hast du in all deinen Leben den Tätern geglaubt. Und ihre Lügen als Wahrheit angenommen. Niemals hätte man dich trennen können von all dem Licht und der Quelle allen Seins, wenn du gewusst hättest, dass es gar keine Trennung gibt. Niemals hätten meine dunklen Schattenträger dich je verletzen, quälen und verfolgen können, wenn du immer die Hüterin deiner Macht gewesen wärst."

Luzifer machte eine Pause und streifte sich ein Staubkorn von seiner Schulter. Dann ließ er sein Leuchten heller erstrahlen als zuvor und Maaryam schloss geblendet die Augen.

„Ja, das ist das Licht aller Seelen, deren Lichtträger ich bin. Ich bin der Lichtträger aller Seelen. Und ich warte, bis die Seelen mich wiederfinden, um ihr Licht zu holen. Ich werde für immer warten, bis auch die letzte Seele weiß, dass sie nichts als Licht und unendliche Liebe ist. Und das wird noch tausende Jahre dauern." Er seufzte und reduzierte sein Leuchten so weit, dass Maaryam ihn anschauen konnte, ohne dass ihre Augen schmerzten.

„Auch du wirst unsere Vereinbarung wieder vergessen.", fuhr er fort. „Doch jetzt erstmal ist unsere Zeit gekommen. Ich gebe dir nun deine Verträge aus der Akasha Chronik zurück. Ihr Menschen nennt es auch den Pakt mit dem Teufel.

Dies sind mehrere Verträge. Manche wirken über alle Leben hinweg. Ich kann sie jederzeit mit dir löschen. Du musst das allerdings mit dem freien Willen entscheiden und transformieren wollen. Solange dein freier Wille nicht mutig genug ist, mir liebevoll in die Augen zu blicken, um dich selbst frei zu sprechen, solange bleiben die unterschiedlichsten Verträge gültig."

Er schwieg. Eine scheinbare Ewigkeit schien zu vergehen. Dann richtete er sich auf und sagte nahezu feierlich: „Dein Moment ist nun gekommen, deine neue Freiheit zu feiern."

Und er verneigte sich vor Maaryam. „Alle Verträge, die nicht dem ewigen Licht dienen, werden nun in der violetten Flamme der Transformation vernichtet."

Luzifer machte eine beiläufige Geste und der Höhlenboden öffnete sich zu einem gewaltigen Höllenschlund, aus dem heiße Flammen loderten. Im Nu war die kleine Höhle ausgefüllt mit dem Tosen und dem Zischen des Feuersturmes.

Maaryam starrte wie gebannt auf das Schauspiel, das sich vor ihren Augen entwickelte. So hatte sie das nicht geplant. Sie war auf einen Kampf vorbereitet gewesen. Sollte es wirklich so leicht gehen?

Nun sah sie, wie sich aus dem Nichts unzählige Schriftrollen und alte Verträge manifestierten, um im Fegefeuer zu flackernden, schwarzen Aschefetzen zu zerstäuben. Alle diese lichtlosen Papiere verwandelten sich zu violettem Licht und stiegen in die Zentralsonne auf, die am Himmel der Höhlendecke erschienen war.

Das dauert einige Zeit. Maaryam getraute sich fast nicht zu atmen, um den Prozess nicht zu stören. Als das letzte Fitzelchen Vertrag transformiert war, winkte Luzifer erneut mit seiner Hand und der Höllenschlund schloss sich. Mit ihm erlosch auch sein eigenes gleißendes Licht. Dort wo gerade noch Flammen gelodert waren, glänzte harter Stein im kleinen Schein von Maaryams Öllampe.

Luzifer griff in die Dunkelheit hinter sich und brachte eine Lichtkugel zum Vorschein, die er Maaryam überreichte. Ihr Seelenlicht. Diese Kugel trug die Information über ihre Seele in der Akasha Chronik. Sie enthielt die Weisheit der Urquelle und initialisierte die vollkommene Rückverbindung mit dem Ursprung.

Maaryam streckte ehrfurchtsvoll ihre Arme aus und fügte ihre Hände zu einer Schale. Luzifer ließ die Lichtkugel hinein gleiten. Sie fühlte erst eine kühle Substanz, die sich aber erwärmte und sich in ihre Haut schmiegte, um sich mit ihr zu verbinden. Sie gab ihre innerliche Zustimmung und das Licht floss in ihr Herz. Von dort aus strömte es in alle Zellen ihres Körpers. Sie atmete tief ein, als sie ein erhebendes Gefühl durchströmte. Sämtliche bewussten oder unbewussten negativen Konditionierungen fielen mit einem Mal von ihr ab. Und sie erfuhr eine unbekannte Freiheit im Herzen, als das Licht begann, ihr Sein zu erhöhen.

Sie fühlt sich unendlich geliebt, jegliche Trauer war wie weggeblasen. Ihre Einheit stellt sich automatisch her und ihre Augen füllten sich erneut mit Tränen, diesmal jedoch mit denen der Liebe, die ihr Herz überlaufen ließen.

Sie bewegt sich nicht, denn sie wollte diesen Augenblick in der Allliebe nicht durch eine unachtsame Bewegung zerstören. Plötzlich hört sie die ihr so vertraute Stimme Issahs: „Du bist nun frei und kannst in diesem Licht für die Menschen wirken und dienen. Zeige ihnen den Weg durch die Dunkelheit bis zu Luzifer. Auch sie sollen aus ihren Pakten aussteigen. Habe Mut und verbreite dieses neue Wissen auf der Welt. Sie werden dich anfangs nicht verstehen. Doch wisse, das Licht wird siegen. Wenn sie bereit sind, führe sie zu Luzifer, dem Heiler der Dunkelheit. Du bist für immer meine Tochter und für immer seine Schülerin. Dein Ruf ist ergangen und dein Auftrag nun besiegelt. Geh hin in Frieden."

Maaryam war so erfasst von der erfüllenden Liebe und glücklich über den Ausgang ihres Abenteuers, dass sie kein Wort hervorbrachte. Immer noch benetzten Tränen ihre Wangen. Schließlich schluckte sie und flüsterte ergriffen:

„Danke Vater aus der Ewigkeit, danke mein Lehrer Luzifer für deine Lektion. Ich werde das Wissen hüten und den Menschen weitergeben. *Die, die hören können, werden hören.* Ich bin voller Demut und Dankbarkeit. Gerne nehme ich den Auftrag in Liebe an."

In ihrer Vision verneigten sich alle Spirits vor der Größe und Weisheit von Issah und Luzifer. Beide strahlten im ewigen, überirdischen Licht. Es gab keine Dunkelheit mehr in der Höhle.

Dann verbeugten sich die zwei Meister ihrerseits vor den anwesenden Spirits, die daraufhin einzeln begannen, den Raum zu verlassen. Zu Schluss verneigten sie sich voreinander – ehe die Vision verblasste.

Maaryam bedankte sich bei ihrem Kraftplatz, den Bäumen und Steinen und löste ihr Ritual vollends auf. Sie öffnete ihre Augen und kam vollständig in der Höhle an. Die Öllampe flackerte stetig vor sich hin.

Sie war zurück.

Maaryam konnte kaum fassen, was sie erlebt hatte. Und es war so einfach gegangen. Sie hatte sich tagelang auf diese Begegnung vorbereitet und sich gesorgt, und jetzt erkannte sie, dass sie sich viel Zeit und Energie erspart hätte, wenn sie ruhig geblieben wäre. Sie seufzte. Schon wieder ihr Fohlen ...

Meister Issah und Meister Luzifer waren ab jetzt ihre Lehrer. Aber was bedeutete das genau? Das wusste sie immer noch nicht.

Da bemerkte sie, dass ihre Beine steif geworden waren. „Ich muss mich bewegen.", sprach sie laut, um sich ihres Körpers wieder bewusst zu werden. Sie stand langsam auf, die klammen Glieder beugten sich nur mühsam ihrem Willen. Mit vor Kälte ungelenken Fingern nahm sie die Öllampe auf, um den Weg nach draußen zu finden, denn das Tageslicht war inzwischen völlig verschwunden.

Vorsichtig stakste sie in Richtung Eingang. Dort wartete Lia, um sie zum Lagerfeuer zu geleiten, wo Utah ihr eine Tasse mit heißem Tee einschenkte.

„Schön, dass du fertig bist. Die Sonne ist schon untergegangen und es wird nun rasch sehr kalt. Wo ist deine Decke?"

Dankbar nahm Maaryam einen Schluck vom heißen Tee und bat Utaah, ihre Sachen aus der Höhle zu holen.

„Ich wurde gerade neu geboren!" Ihre Stimme gehorchte ihr nicht ganz, sie war immer noch verwirrt und aufgewühlt. „Ich muss jetzt schlafen, bitte zeigt mir mein Lager. Ich erzähle euch alles morgen.", flüsterte sie erschöpft und trank ihren Tee in kleinen

Schlucken. „Nicht bevor du wenigstens ein paar Bissen gegessen hast!", drängte Lia und drückte ihr ein Stück Fladenbrot in die Hand.

„Na gut," Maaryam stopfte sich das Brot in den Mund und kaute widerwillig, „jetzt will ich nur mehr schlafen."

Kurze Zeit später fiel sie erschöpft aber unsagbar glücklich auf ihr Lager, eingewickelt in zwei Decken und Lia deckte sie liebevoll mit einer weiteren zu. Sie schlief sofort ein.

Der sanfte Wüstenwind hatte Mitleid mit unserer jungen Heilerin und kühlte ihren Kopf und ihr Blut. So schlief sie die ganze Nacht tief und ihr Körper erholte sich von der Meditation. Und morgen würde ihr neues Leben beginnen. Denn der angenommene Auftrag schrie nach Erfüllung.

Der Tag danach

Als Maaryam am nächsten Morgen erwachte, fühlte sie sich wie ausgewechselt. Ihr Herz schlug schneller und sie war ungewohnt frei. Als sie sich langsam ihres Körpers bewusst wurde, strich sie sich sanft über die Arme. Ja, die waren noch so wie gestern. Da schoss ihr das Abenteuer vom Vortag ins Bewusstsein und sie kam mit einem Ruck ins Hier und Jetzt. „Was ist passiert? Wo bin ich? Was war da geschehen?"

Langsam sortierte sie ihre wirren Gedanken. Die Schweißperlen standen ihr auf der Stirn. Da bemerkte sie, dass sie noch immer unter drei Decken lag und die Sonne schon die Mittagsstunde anzeigte.

Ihr Mund war völlig ausgetrocknet und die Augen verklebt. Sie deckte sich ab und seufzte erleichtert, als sie die Luft auf ihrer Haut fühlte. „Ich bin müde und gleichzeitig aufgekratzt. Ich muss aufstehen, doch ich habe gar keine Ahnung was ich als Nächstes tun soll." Sie öffnete mühsam ihre Augen und setzte sich auf.

„Guten Morgen, meine Liebe!" Lia begrüßte sie herzlich und reichte ihr einen Becher mit Tee. „Du hast lange geschlafen. Hier trink, das wird dir guttun."

Maaryam winkte ab und verlangte stattdessen Wasser. Sie nahm die Flasche, die Lia ihr reichte und trank sie in einem Zug leer. „Puh, jetzt fühle ich mich schon besser. Danke dir. Nun nehme mich auch den Tee. Und wenn du etwas zu essen hast …? Ich bin ganz schwach vor Hunger."

Lia nickte, reichte ihr den Becher Tee und stand auf, um Essen zuzubereiten. „Ja, meine Liebe, das ist der Lohn, wenn du deinen Körper nicht richtig versorgst. Hunger und Durst und dadurch Verwirrtheit, weil dein Gehirn schon ausgetrocknet ist. Es ist hier in der Hitze sehr gefährlich, so lange nichts zu trinken.", tadelte sie Maaryam.

Diese seufzte ergeben. Diese Standpauke hatte sie verdient. „Wieso bin ich so verwirrt? Meine Gedanken sind doch sonst auch ruhiger, das kann doch nicht nur alleine vom Wassemangel sein?", dachte sie und schaute Lia zu, wie sie ein leichtes Mahl zubereitete. Sie nippte am lauwarmen Tee und beruhigte sich: „Sicherlich sind es die vielen neuen Informationen - ich muss sofort mit Abraham sprechen."

„Lia!", rief sie laut, „Lia, ich muss mit Abraham sprechen. Wir müssen sofort aufbrechen." Sie stand rasch auf, setzte sich aber gleich wieder, denn ihr war schwarz vor den Augen geworden.

„Nichts da, zuerst isst du etwas!", schimpfte Lia, als sie sah, wie Maaryam taumelte. Sie brachte ihrer Freundin ein Tablett mit frischen Früchten, Nüssen und Honig und ein wenig harten, salzigen Käse. Das würde sie bald wieder auf die Beine bringen.

Während Maaryam aß, tauchte Utaah auf, er trug seinen Gebetsteppich unter dem Arm und sah entspannt aus. Als er die junge Frau erblickte, blieb er stehen und verneigte sich knapp.

Maaryam grüßte zurück, schluckte einen Bissen herunter und sagte: „Wir haben hier alles erledigt, was es zu tun gibt. Ehe wir aufbrechen, möchte ich mich noch frisch machen, gibt es hier eine Quelle oder einen Bach?"

Utaah nickte. „Ja, links neben der Höhle ist ein kleiner Pfad, wenn du dem folgst, kommst du zu einem Spalt im Felsen, aus dem zu dieser Jahreszeit noch frisches Wasser rinnt. Während du dich erfrischst, werden wir das Lager abbauen." Er nahm einen Becher und eine Schüssel mit Obst entgegen, die Lia ihm reichte und setzte sich neben sie.

Zufrieden mit dem Leben aßen die drei im Schweigen miteinander ihr Mahl. Nachdem Maaryam fertig war, wischte sie sich den Mund mit den Händen ab und stand auf, um zur Quelle zu gehen. Als sie näher zum Höhleneingang kam, flirrte die heiße Luft und einen kurzen Augenblick erinnerte sie sich an das Flackern der Flammen gestern. Sie schüttelte den Kopf und hielt nach dem Pfad links vom Eingang Ausschau.

Tatsächlich befand sich hinter einem Ginster eine Felskante. Maaryam schob den Busch zur Seite und tastete sich über das schmale Sims weiter. Nach einigen Metern wurde der Weg breiter und hinter eine Biegung öffnete sich ein Raum, wo sie bequem stehen konnte. Dort trat Wasser aus einer Felsspalte, rann über die Felsen und verdunstete auf den heißen Steinen. Dabei erzeugte es einen kleinen Regenbogen.

Maaryam stand wie gebannt und betrachtete das Schauspiel. Schließlich hielt sie die Hand an die Felsspalte, um Wasser aufzufangen. Es war warm und roch leicht nach Schwefel. Doch es schien trinkbar, denn sie sah in unmittelbarer Nähe keine Tierkadaver. Utaah hätte sie sicherlich gewarnt. Also wusch sie zuerst ihre Hände mit dem wertvollen Nass, benetzte danach ihre trockenen Lippen und reinigte sich dann Gesicht und Hals in ihrer rituellen Morgenhygiene.

Es war sehr still auf diesem Platz, die Sonne schien, aber es waren keine Vögel oder sonstigen Tiere zu sehen. Ein wahres Heiligtum. Sie ließ sich auf die Knie nieder, um ein bisschen auszuruhen und die sonderbare Stimmung an dieser Quelle zu genießen.

„Willkommen, Priesterin.", vernahm sie plötzlich eine Stimme, die aus ihrem Inneren zu kommen schien. „Gehe in die Stille und du wirst Antworten auf deine Fragen erhalten."

Maaryam setzte sich in ihre Meditationshaltung und erschuf sich erneut ihren Kraftplatz, um zu Ruhe und Stille zu gelangen. Sie beruhigte sich durch gezieltes, langsames Einatmen und Ausatmen. Ihr Kraftbaum wirkte heute stärker und breiter als gewohnt. Das Lebensfeuer vor ihr glomm ruhig. Irgendwie waren alle geistigen Bilder klarer als sonst.

Schon viel entspannter, rief sie ihren Vater mit seinem Seelennamen. „Issah!" Den, den nur die Eingeweihten kannten. Und dieser berührt die Uressenz jeder Seele. Wenn jemand den Sinn und Zweck seiner Inkarnation vollkommen vergessen hatte, konnte man durch den Seelennamen die Urenergie in sein Bewusstsein lenken und erinnern. Dieses Erwachen bewirkte eine direkte Kommunikation mit dem Kern der Seele. So stellt sich die Einheit zwischen dem Ego-Anteil und dem Seelen-Anteil, der immer im Einklang mit dem Universum ist, her.

Eine funktionierende Verbindung ist das Um und Auf, ob Heilung funktioniert oder nicht. Wenn bei Heilungsprozessen kein Kontakt zur Urseele gelingt, kann die endgültige Rückverbindung nicht hergestellt werden. Darum ist dann die Linderung von Beschwerden auch nur vorübergehend. Maaryam wusste das. Ihr Vater hatte es ihr und seinen Schülern immer wieder erzählt. Die Trennung ist die Wurzel aller Schmerzen. Die Aufgabe der Heiler war, die Ego-Anteile, die sich der vollkommenen Vereinigung verweigerten, in die göttliche Einheit zurückzuführen.

Diese Trennung war gewollt und wurde oft ‚die innere Hölle‘ genannt. Jede Illusion, die daraus entstanden war, brauchte in allen Leben Heilung. Was innerhalb der Seele erhalten blieb, nannte man Krankheit. Der Glaube an etwas, was Angst auslöste, wurde so lange aufrechterhalten, bis die Kraft in der Seele groß genug war, um sich dieser zu stellen. Daher war diese Emotion sehr wohl nützlich und berechtigt. Manchmal übertrieben, aber immer wirksam.

Maaryam kannte ihre Ängste gut. Von klein auf wurde sie von ihrem Vater trainiert, tief zu atmen und sich ihre Furcht anzuschauen.

Als sie ihren Vater nun mit seinem Seelennamen rief, überkam sie Angst. Doch dann erinnerte sie sich der Lektionen und sie hüllte sich in ihr Urvertrauen wie in eine Decke und blickte erwartungsvoll in die helle Erscheinung, die auf sie zukam.

Sie presste ihre Augen zusammen, die durch das gleißende Licht wieder zu tränen begonnen hatten. Es war ungewohnt mächtig, und zeigte ihren Vater in seiner Seelengestalt. Seine gewohnte körperliche Form erschien jung und kraftvoll aufgerichtet, sein Gesicht war völlig verjüngt und faltenfrei. Nur seine Stimme in ihrem Herzen war gleich geblieben.

Die Liebe seiner Seele traf das junge Herz der neuen Priesterin. Einige Sekunden schien sie sich in dieser überirdischen, fesselnden Emotion zu verlieren. Alle alten Ängste und Befürchtungen verschwanden. Es gab keinen Platz mehr für Trauer in ihrem Herzen. Die Tränen verdampfen in der Vollkommenheit dieses Augenblicks. Schöner als der schönste

Sonnentag in ihrer Heimat. Heilender als die beste Medizin, die ihre Mutter je hergestellt hatte.

Die Worte schienen ihrem Kopf zu entfliehen. Sie war nicht fähig, irgendeinen Gedanken bei sich zu behalten. Das Licht der Verbundenheit heilte in Sekunden all ihre Wunden auf allen Ebenen. Die Vergangenheit löste sich auf und machte dem Jetzt Platz.

Die Liebe, die sie erfüllte, war begründet in der ewigen Liebe der Christusenergie in ihren Zellen. Es schien, als würden ihre Körperzellen mit dem Licht aus der Quelle kommunizieren. Diese Energie füllte ihren Körper, ihre Seele und den innewohnenden Geist vollkommen aus.

Nach einer zeitlosen Zeit hört sie die wohlbekannte und so vertraute Stimme ihres Vaters: „Ich grüße dich, Tochter meiner Seele. In der Ewigkeit sind wir Sternengeborene verbunden. Zwischen uns kann es keine Trennung geben. Heute erfährst du die vollkommene Lichtkörpertransformation. Deine Seele wird wieder auf den Urklang ihrer Herkunft eingestimmt. Hab keine Angst. Jede erwachte Seele bekommt diese Rückanbindung, wenn es an der Zeit ist.

Lass alle Wünsche und Erwartungen los. Die Heilkraft ist unendlich und allmächtig. Deine Körperschwingung wird nun erhöht, damit du die nächste Stufe deiner Heilertätigkeit durchführen kannst. Es müssen immer alle Zellen höher schwingen, da sie sonst verbrennen. Das Licht der Quelle kann nicht auf einmal angenommen und rückverbunden werden. Lass die göttliche Intelligenz nun walten.

Deine Hingabe hat Luzifer vorbereitet und ich, der Christus vollende sie. Wir beide sind Brüder. Zurückgekehrt in die Einheit der Quelle können uns nun alle Wesen der Erde folgen. Der Weg der Erwachten wird noch dauern. Jedoch ist nun eine andere Zeit hier auf Erden angebrochen. Du als mein Kind wirst nun auf Erden wirken. Alle meine Kinder sind *jetzt* gerufen und werden aktiviert.

Verbinde dich im Geiste mit deinen Geschwistern. Gehe zurück und rede mit ihnen. Auch sie bekommen diese Aktivierung. Wenn nur eine Seele aktiviert ist, werden dir alle folgen.

Beginne jetzt mit deinem Lehrauftrag. Du bist gerufen, mein Wissen weiter in die Welt zu tragen. Du darfst dir gewiss sein, dass ich immer über dich wache. Meine Worte werden durch dich fließen. Meine Gedanken werden dich durch die Höhen und Tiefen der menschlichen Wunden lenken. Luzifer und Christus sind nun auch in dir und heilen dich und jeden, den du berührst.

Deine Zeit ist gekommen.

Gehe zurück in deine Heimatstadt. Die Söhne der Wüste werden dich begleiten. Sie sind immer als Schutz hinter dir. Jetzt beginnt deine Zeit im Außen zu wirken. Die verletzte Würde der Frauen wartet auf dich. Biete ihren geschundenen Körpern Ruhe und Heilung. Deine Mutter ist informiert und erwartet dich bereits zurück. Vertraue mir und der Macht in dir. Es ist soweit.

So sei es."

Das war eine Initialzündung. Die Zeit des Versteckens endete heute. Maaryam wusste das. Es war Zeit, nach Hause zu reisen und die Mutter und Araton, den Schüler ihres Vaters, wiederzusehen.

„Die Welt darf nun wissen, dass es mich gibt.", flüsterte sie in die Stille.

Jetzt ist es soweit.

Ende Teil 1

Nützliches

Maaryams Unterricht und ihre Rituale

Aura Clearing – Teil 1

Maaryam ist als Priesterin und Schamanin erzogen worden. Ihre Verantwortung bezüglich ihrer eigenen Heilung ruht auf ihren Schultern. Die Kraft der Regeneration ist in jeder Heilerin von uns. Die Regeln für ein spirituelles Leben sind äußerst streng. Einige ihrer Übungen müssen täglich vollzogen werden, andere nur bei Bedarf.

Ein Ritual, das sie vor jeder Energiearbeit tätigt, ist die Aura Reinigung. Ihr ist bewusst, dass die Aura – das Energiefeld um den menschlichen Körper – genauso gereinigt gehört, wie der physische Leib.

Jede Priesterin und jeder Priester entwickelt seine eigene energetische Reinigung. Bestimmte Bausteine müssen immer enthalten sein, andere können beliebig verwendet werden. Je höher der Grad der Einweihungen, desto mehr muss die Aura gereinigt werden.

Erst ab einem sehr hohen und stabilen Grad der Erleuchtung sind die anfänglichen Übungen lässlich. Denn je größer die spirituelle Kraft ist, desto mehr Dunkelheit verbrennt automatisch. Jedoch sind auch die Konfrontationen intensiver und dichter.

So wird die Basisreinigung, wie du sie in „The Next Level of Meditation", Audio eins und zwei findest, unsere liebe Maaryam eine Zeit lang begleiten, denn sie muss die Schwingung immer wieder erhöhen. Die spirituellen Kräfte werden schrittweise erweckt und passen sich an den physischen Körper an.

Maaryam ist das bewusst. Deswegen bittet sie immer wieder um göttliche Führung vor dem Reinigen.

Ihre Schritte der Vorbereitung sind stets gleich:

- Sie sucht sich einen stillen Platz, an dem sich ihre Seele frei fühlt.
- Die Atmung wird ruhiger und langsamer.
- Ihre Aufmerksamkeit kehrt sich nach innen.
- Die Außenwelt scheint völlig zu verschwinden.
- Sie tritt in ihrem heiligen Raum ein und niemand kann sie erreichen.
- Dieser befindet sich in ihrem Herzen.

Die Energie ist dort immer willkommen und schützend. Es ist ein Gefühl, wie wenn ein müdes Kind in die Arme seiner Mutter fällt. Das Kleine schließt seine Augen und vertraut der Kraft der Erwachsenen. Ihr Blick ist Schutz.

Sie weiß, dass ihr Kind viele Schritte alleine lernen muss. Ihre Weisheit gibt jeder Mutter Gewissheit, dass ihr Kleines den Weg mutig weitergehen wird. Egal, was das Leben von ihm fordert. An diesem Punkt des Herzens ist der Ruhepunkt - da findet jedes Kind wieder seine Anbindung an die Quelle allen Seins.

So verweilt Maaryam an diesem heiligen Ort. Stille begleitet sie. Sie stellt keine Fragen mehr. Es ist, als wüsste sie alles, was zu tun ist. Sie spürt ihre Ängste klarer. Sie beginnt sie zu umarmen und zu akzeptieren.

Ja, Ehrgeiz wurde den Priesterinnen anerzogen. Menschen denken oft, Heilerinnen müssten *immer* stark, wissend und klar sein. Doch jede hat auch ihre schwachen Momente. Diese sind Lehrer für die nächsten Schritte. Sie sollte sich derer bewusst sein, aber niemals in Selbstbestrafung versinken.

Andere wundern sich oft, warum Maaryam so gerne alleine ist. Einsamkeit ist wichtig für ihre klaren Gedanken, Worte und Taten. In der Ruhe erkennt sie, wo die Energie steckt. Wo Täuschung lauert, Betrug und Lüge ihren Geist verwirren sollen.

Ja, es stimmt, der Dämon schläft niemals. Deswegen ist sie immer auf der Hut vor Verführungen. Manchmal ist die Dunkelheit jedoch unausweichlich. Dann wird sie zum Lehrer, dem man dringend zuhören sollte. Genau da diesem Punkt der inneren Schwärze tritt die Angst auf. Die besteht meist aus Lügen. Aus Gedanken, die das Leben schwer und mühsam machen.

Sie denkt oft an den Verlust ihres Vaters. Dann verliert sie sich in Trauer, ihre Wangen werden nass und ihre Tränen wollen gesehen werden. Doch dieser tiefste Punkt des Rückzuges bringt immer Reinigung mit sich.

Sie akzeptiert die Tränen als Chance, ihr inneres Kind zu befreien. All ihre kindlichen Wünsche, beschützt, geführt und geliebt zu werden, haben hier ihren Platz.

Es ist gut, zu fühlen, wo sie steht. Dieser Ruhepunkt gibt ihr die Möglichkeit unerbittlich ehrlich zu sein. Ihre Worte sind hier klein. Die Gefühle jedoch groß und oft mächtig.
Das Zulassen der eigenen Schatten ist die höchste Kunst in der Selbstheilung. Diese ist oft wie ein Drahtseilakt. Sie hat ständig Angst abzustürzen und trotzdem geht sie mutig weiter. Die größten Kräfte entwickeln sich durch die tiefsten Täler.

Isaah sagt:
„Erst wenn du frei wie der Phönix aus der Asche auferstehst, verbrennst du nicht in deinen eigenen Wunden. Dann sind sie nur mehr Erinnerungen, die dich stark gemacht haben. Sie sind wie Narben, die du mit Stolz trägst. Dann hat der Schmerz keine Macht mehr über dich. Du bist wie neu geboren."

Diese Gedanken hat Maaryam stets im Kopf. Ihr Vater war der größte Heiler aller Zeiten. Er hat die Dunkelheit konfrontiert und zum Licht gebracht. Selbst der angedrohte Tod hatte keine Macht über ihn. Er wusste, wie er weiterleben würde.

Maaryam stellt sich oft die Fragen:
- Wie hat er das geschafft?
- Wie kann man jede Dunkelheit in Licht verwandeln?

- Woher kommt diese niemals versiegende Macht und unerschütterliche Kraft?

Issah antwortet:

„Aus der Fähigkeit alles und jeden zu lieben. Die wahre Liebe verbrennt jeden Zweifel, jede Angst und jede Unsicherheit. Lerne, mehr zu lieben, als du es dir vorstellen kannst. Lerne, wertfrei zu handeln, ohne den Lügen Macht zu geben. Lerne, wie du dich selbst meisterst und deine Ängste Schätze werden. Dann kannst du sie als Kraftzentralen nützen.

Mit jeder noch höheren Fähigkeit, die Menschen, ihre Wege und Aktionen wertfrei zu beobachten, bist du die Meisterin der Situation. Du erhebst dich aus der Dunkelheit und wirst zu dem leuchtenden Stern, der du immer warst. Du strahlst dann am helllichten Tag und in der noch so finsteren Nacht. Und du bist verantwortlich für das Strahlen deiner Seele und die Erfüllung deiner Berufung. Erst dann kannst du dein Licht sein, das als Vorreiter den anderen Menschen dient."

Issah sagt:

„Durch dein Dienen wirst du erst zu dem Christus, der in dir ist. Dein Christusbewusstsein will sich ausdrücken. Du bist der Stern in der Dunkelheit. Dein Auftrag, lässt sich niemals verdunkeln! Leuchte!"

Diese Worte klingen jeden Abend in ihren Ohren, wenn sie zu Bett geht. Am Ruhepunkt einzuschlafen, ist ihre wunderbare Möglichkeit, den Alltag zu vergessen.

So genießt sie die tägliche Heilung im Zentrum ihres Herzens. Die Stimme Issahs gibt ihr das Gefühl geführt zu sein. Es ist, als hält er sie in seinen Armen und flüstert ihr so vertraut zu wie damals:

„Ich liebe dich, für immer und immer."

Aura Clearing - Teil 2

Die praktischen Übungen

Anleitung für den täglichen Gebrauch:

Maaryam ist Priesterin und verpflichtet, anders zu leben, als die meisten Menschen.

Ein Teil ist die alltägliche spirituelle Praxis.

Die Aktivierung und Reinigung am Morgen ist ein wesentlicher Bestandteil ihres Wirkens.

Ihr Morgenritual:

Die körperliche Reinigung ist genauso wichtig wie die seelische. Also wäscht sie sich mit klarem Wasser die Nacht aus dem Gesicht. Ihre Gedanken sind bei der Reinheit und dem kalten Nass.

„Werde wie Wasser, keine Anhaftungen an das irdische Sein.", diese Worte ihres Vaters sind jeden Morgen in ihrem Kopf.

Wie Wasser *sein*.

So rein und klar, lebensspendend und nichts kann es aufhalten.

Frisch gekleidet nimmt sie danach eine aufrechte Haltung ein. Ihr Körper sehnt sich oft danach, sich zu dehnen und zu strecken. Das macht sie sehr ausgiebig, bis sie eine angenehme Position im Sitzen gefunden hat.

Wenn es das Wetter zulässt, sitzt sie immer im Freien. Unter einem schattigen Baum. Die kühle Brise des Windes weckt ihre Lebensgeister.

Sonnenmeditation:

Maaryam lächelt in die Natur, bedankt sich bei der Sonne für die warmen Strahlen auf ihrer Haut und schließt die Augen.

Sie stellt sich vor, die Sonne ist wie Wasser. Jeder einzelne Strahl, der sie trifft, reinigt sie. Sie ist eine Lichtdusche. So genießt sie schweigend die Reinigung der Aura und ihrer gesamten Seele.

Die Sonnenstrahlen fließen in sie hinein und wirken innerlich. Sie erhellen die Körperzellen.

Es ist wie ein Lächeln, dass ihre Zellen strahlen lässt.

Wunderbare Lebensenergie durchflutet sie.

Sie spricht: „Danke für das Leben."

Ihre Dankbarkeit dehnt sie nun in Gedanken auf ihre Umgebung aus.

Danke sagen:

Danke für meine vollkommene Gesundheit.

Danke für den Frieden um mich herum.

Danke, dass ich willkommen bin und wirken darf.

Danke, dass ich geführt und beschützt bin.

Danke, dass ich meinen spirituellen Weg gehen darf.

Danke, dass ich niemals alleine bin.

Danke, für die Liebe in mir und um mich herum.

Danke, dass ich den Weg der Weisheit und des Lichts gehe.

Danke, der göttlichen Quelle, dass ich in ihrem Sinn wirken darf.

Danke, für immer und immer.

Nach der Danksagung lächelt sie die Sonne an.

Danke, dass du mich nährst. Du bist das Licht der Welt.

Danke, du Quelle allen Seins.

So verbleibt sie in der Dankbarkeit.

Ihr Herz lächelt und ihre Lippen auch.

Mit einem großen Schluck Wasser kommt sie zurück in den Alltag. Der Körper meldet seine Ansprüche.

Jetzt ist es Zeit zu frühstücken: Tee, Nüsse, Datteln, Feigen oder Fladenbrot. Der Tag kann beginnen.

Maaryams Notizbuch

Erkenntnis:
Reinigung ist die Basis für jede Art von Heilarbeit.
Die Wüste ist die intensivste Heilerin auf allen Ebenen.
Achte auf deinen Körper und auf deine Seele, denn Heilung ist beides. Die Führung der Göttin ist unergründlich.

-*-

„Gefühle sind wie Wolken. Sie ziehen weiter. Nur wenn du sie an eine Geschichte bindest, dauern sie ewig."

-*-

Die, die hören können, werden hören.

-*-

Vater sagte: „Der Tod ist nicht das Ende vom Leben. Das Leben ist ewiglich. Es gibt keinen Anfang und kein Ende für die Seele. Nur unser kleines, sich getrennt fühlendes Ego-Wesen glaubt, dass der Tod des Körpers ein Unglück sei. Dabei ist es eine Einweihung. Mit dem Tod erfährst du die höchste Einweihung, die hier auf Erden möglich ist.

Also trauert nicht zu lange, sondern feiert ein Fest für die gegangene Seele. Sie hat alles geschafft, was zu schaffen ist. Für sie geht es auf der anderen Seite weiter, für die Zurückgebliebenen auf Erden!"

-*-

Gebet für Seelenreisende:
Hilft, sinnlose Gedanken-Mantren zu unterbrechen:

„Möge deine Seele in Frieden die Heimat deines Geistes finden.

151

*Mögen die Übergangsengel deine Schritte leiten,
mögen die Wächter des Todes dir die Tore in die Ewigkeit
öffnen,
mögen die Ahnen dich in Liebe empfangen,
mögen die Drachen in Liebe dich empor tragen und du auf ihren
Flügeln ruhen,
möge die ewige Freiheit deine Seele erleichtern und alle
irdischen Bande sanft lösen.
Mögen Gott Mutter Vater dich in ihre heiligen Arme nehmen und
dich willkommen heißen."*

-*-

Sonnenandacht:
*Gehe in die Stille und atme das Licht.
Sei das Licht und umhülle dich ganz und gar.
Du bist nichts als Licht und kannst nie etwas anders sein.
Alles andere ist Illusion.*

-*-

Vater sagt:
*"Die Seele führt. Sie kann niemals nicht anwesend sein.
Manchmal hören wir nur die leisen Töne ihrer Hinweise nicht.
Deswegen sollten wir still werden. Dann kann die himmlische
Weisheit jeder Seele lauter erklingen."*

-*-

Spruch:
*"In jeder Dunkelheit wohnt auch das Licht. Suche daher das
eine, dann wirst du das andere finden. So brauchst du vor
nichts Angst zu haben."*

-*-

Anrufung Paktlösung

Achtung, folgende Anrufung darf nur innerhalb deines Schutzkreises gemacht werden. Außerdem solltest du schon Erfahrung mit Energiearbeit haben. Ich empfehle dir „The Next Level of Meditation" – 12 Wochen Audioprogramm für eine harmonische Aura.

Großer Geist und ewige Göttin der Erde.
Ich rufe euch.
Ich bin gekommen, um den Herrn der Unterwelt zu treffen.
Ich will meinen Pakt mit der Unterwelt lösen und mein Licht zurückrufen.
Ich rufe den Hüter meiner Seele, alle Ahnen besonders meinen Vater Issah.
Alle Kräfte der weiblichen Ahnenreihe.
Alle Kräfte der männlichen Ahnenreihe.
Ich bitte Erzengel und Hüter der Erde Michael um den höchsten Schutz.
Ich bitte den Arzt Gottes Hüter Erzengel Raphael um Hilfe.
Ich bitte alle lichtvollen Wesen, die mich nun begleiten wollen und können um Unterstützung.
Die Wesen des Lichts umgeben mich.
Im Licht bin ich geboren, im Licht lebe ich, ich Licht sterbe ich.
Mein Licht bleibt ewig.
Aus der Sicht der Ewigkeit.
Für die Ewigkeit
Aus der Sicht des Schöpfers ohne Anfang und Ende.
Schenkt mir göttliche Weisheit, um diese Prüfung zu bestehen.
Danke, so sei es.

Wertvolle Links

Mehr zu Maaryam, die Folgebände, Meditationen und aktuellen Webinare und spirituelle Programme findest du unter www.drachenfrau.com

The Next Level of Meditation – das 12 Wochenprogramm als begleitende Audios zu den Maaryam-Bänden

Weitere Bücher aus dem Verlag Laspas

Ernährung nach den 5 Elementen: Für Einsteiger
Eva Laspas
ISBN 978-3950421354

Festival der Sinne-Journal. Das Buch.
Eva Laspas
Ausgabe in Farbe: ISBN 978-3950421309
SW-Ausgabe: ISBN 978-1534846579
Kindle: ASIN B01E7RP0YM

Lebe frei!
Veränderungen und Loslassen leicht gemacht.
38 Aufgaben für den Alltag.
Eva Laspas
ISBN 978-3-9504213-7-8

Achtsamkeit im Alltag
Neue Welten entdecken und der eigenen näher kommen.
Ein Arbeitsbuch.
Eva Laspas und Co-Autoren
ISBN 978-3950475425

Printed in Poland
by Amazon Fulfillment
Poland Sp. z o.o., Wrocław